Niki Glattauer • Mitteilungsheft: Leider hat Lukas ...

Familie Gruber

Niki Glattauer

MITTEILUNGSHEFT

Leider hat Lukas ...

und am Kugelschreiber: Verena Hochleitner

11. Okt. 2013

Lieber Flo
Zum schmöckern und schmunzeln
viel Lesespaß wünscht Dir

Mam

K&S

Mein besonderer Dank gilt Karin W., Romana G., Sylwia R. und Robert R., die mir die Mitteilungshefte ihrer Kinder zur Verfügung gestellt haben.

Prolog

Mitteilungsheft

Reingard Söllner

Sehr geehrte Frau Gruber! *Donnerstag, 30. September*

Leider hat Lukas nach einem Monat (!) Schule noch immer kein Schreibzeug. Außerdem fehlen ihm diverse Hefte und Hefteinbände (siehe auch Eintragung vom 22.9.). Könnten Sie bitte über das Wochenende dafür sorgen, dass seine Schulsachen vollständig sind.

Außerdem braucht er für GZ dringend Tuschstifte und einen weißen Radiergummi. Ein rot-blauer Radiergummi ist für GZ leider ungeeignet! Wenn Sie meine diesbezüglichen Angaben in der GZ-Mappe bitte genauer lesen würden.

Frau Professor Sibera lässt Ihnen noch ausrichten, dass das Nasenpiercing Ihres Sohnes beim Turnen stört. Sie wird sich melden.

Mag. Reingard Söllner

U:

PS: Das Mitteilungsheft Ihres Sohnes ist seit zwei Wochen nicht unterschrieben. Bitte nachholen.

► Mitteilungsheft S 184

Lukas

Am Montag entfällt die letzte Stunde. Frau Prof. Sibera krank! Unterricht endet um 12 Uhr.

U:

Reingard Söllner

Sehr geehrte Frau Gruber! *Montag, 4. Oktober*

Leider haben Sie auf die letzten Eintragungen ins Mitteilungsheft wieder nicht reagiert. Lukas behauptet, er hätte Ihnen das Mitteilungsheft gezeigt, allerdings fehlen Ihre Unterschriften, leider auch die auf die letzte Eintragung, sodass Ihr Sohn heute bis 13 Uhr in einer anderen Klasse bleiben musste. Er wird dabei Gelegenheit gehabt haben, die Hausordnung zu lernen.

Der Verbleib eines Schülers an unserer Schule hängt entscheidend von seiner Einstellung zur Schule ab, damit sind seine Arbeitshaltung und ein entsprechendes Sozialverhalten gemeint. Wenn Sie Ihrem Sohn bitte den Ernst der Lage klarmachen würden …

Mag. Reingard Söllner

U:

Lukas Frau Professor Moss ist ab nächster Woche in Babykarenz. Prof. J. Rowling ist interimistisch die neue Englischlehrerin der 3A. Ich brauche für E: A4-Ringmappe. Einlagen: liniert mit Korrekturrand. 5 Zwischenblätter: SEX (SÜ), HEX I (HÜ ungerade) HEX II (Hü gerade). A5 Vokabelheft mit 3 Spalten!

► Professor S 186

Sabine Gruber *Liebe Frau Söllner,*

Doch, ich habe Ihre Mitteilungen gelesen und zur Kenntnis genommen. Wie Sie vom letzten Schuljahr her wissen, ist es meine Schwäche, dann manchmal auf das Unterschreiben zu vergessen. Was Lukas' Einstellung zur Schule betrifft: Wir arbeiten daran.

Ich nehme an, dass mit „Tuschstifte" Pigment-Liner gemeint sind, „Tuschstifte" gibt es unter dieser Bezeichnung nicht mehr. Pigment-Liner befänden sich jetzt in der Schultasche. Zusammen mit neuen Hauspatschen.

Vielleicht könnten Sie mir jetzt noch erklären, was die Hieroglyphen bedeuten, die mein Sohn ad Englisch ins Heft geschrieben hat. Er kann es nämlich nicht. Mit Ausnahme des Wortes SEX. Aber da ist, denke ich, auch etwas anderes gemeint.

► SEX S 188

mfG, Mag.tra Sabine Gruber

PS: Wenn Lukas' Nasenpiercing im Turnunterricht stört (Tratscht es? Turnt es nicht mit? Blendet es die Turnlehrerin?), lassen Sie es doch die Hausordnung lernen, vielleicht turnt es dann besser mit.

Lukas Frau Professor Rowling hat mir erklärt, dass SEX „School Exercise" heißt! Auf Deutsch Schulübungen.

U:

Leider ist mein Schreibzeug noch immer nicht ganz vollständig. Mir fehlen noch Füllfeder, Faserschreiber, Buntstifte, Bleistifte, Radierer, Spitzer, kleines Geodreieck, großes Geodreieck, Füllfedernpatronen und Federpienal.

U:

Frau Prof. Gutierrez auf Auslandssemminar. Vorläufig noch kein Spanisch. Unterrichtsschluss am nächsten Montag um 11.50 Uhr.

U:

Reingard Söllner *Sehr geehrte Frau Gruber!* *Dienstag, 5. Oktober*

Leider stört Ihr Sohn Lukas fast jeden Vormittag den Unterricht. Er tratscht und verweigert jede Form der Mitarbeit (Aufzeigen!). In den Pausen nervt er seine Lehrer mit provozierenden Äußerungen oder schreibt Hausübungen ab. Reden Sie bitte mit ihm!

► Aufzeigen S 177

Mag. Reingard Söllner, Klassenvorstand

U:

Sabine Gruber *Sehr geehrte Frau Söllner,*

Leider verdirbt uns Ihr Schüler Lukas fast jeden Abend die Stimmung. Er schweigt und verweigert jede Form der Mitarbeit (Tisch decken!). Beim Abendessen nervt er seine Familie mit seinem Smart-Trottel oder er streitet mit seiner Schwester. Reden Sie bitte mit ihm!

Mag.^{tra} Sabine Gruber, Mutter

U:

Reingard Söllner *Sehr geehrte Frau Gruber!* *Mittwoch, 6. Oktober*

Ich habe mir erlaubt, Ihre letzte Eintragung ins Mitteilungsheft unserem Herrn Direktor, Hofrat DDr. Weiser, zu zeigen. Da ich Sie telefonisch nicht erreichen kann, bitte ich Sie, am Freitag in der Zeit zwischen neun und zehn Uhr in der Schule zu einem persönlichen Gespräch in der Direktion zu erscheinen.

Mag. Reingard Söllner

U:

Sabine Gruber *Liebe Frau Söllner,*

Ich pflege grundsätzlich nicht zu erscheinen, dafür bin ich nicht ausreichend erleuchtet. Sie wollen mich freundlich zu einem Gespräch bitten? Ab ca. 20 Uhr stehe ich gern zur Verfügung, sieben Tage die Woche. Gegen 19.30 Uhr kann ich nämlich meinen Arbeitsplatz verlassen, nachdem ich in der Regel ca. zehn Stunden dort verbracht habe (anders als manche Lehrer, die man ab 14 Uhr bei der Gartenarbeit beobachten kann). Ein Vormittagstermin ist in der nächsten Zeit für mich jedenfalls leider nicht möglich. Das können Sie gern auch Ihrem Herrn Direktor Hofrat Doktordoktor ausrichten.

Mag.^{tra} Sabine Gruber

Reingard Söllner

Sehr geehrte Frau Gruber! *Freitag, 8. Oktober*

Da Sie zu unserem Termin heute, Freitag, leider nicht gekommen sind und auch keinen ernst gemeinten Ersatztermin angeboten haben, halte ich hiermit fest: Sollte Lukas weiterhin ohne das erforderliche Lernmaterial zur Schule kommen – das gilt zum Beispiel für Bücher, Hefte, Schreibzeug, Lineale, Zirkel, Geodreieck, etc. –, wird er die an ihn gestellten Anforderungen vermutlich nicht erfüllen können. Wie Sie bestimmt wissen, ist in Österreich ein Gymnasium keine Pflichtschule. Vielleicht wäre es angemessen, zu Semesterende den Wechsel in eine Hauptschule in Betracht zu ziehen. Verstehen Sie das bitte nicht als Drohung, sondern als Ratschlag.

Mag. Reingard Söllner

Walter Gruber

U: mit freundlichem Gruß gesehen, Walter Gruber

Walter Gruber per Computerausdruck

Sehr geehrte Frau Professor Söllner,

Meine Frau hat mich gebeten, Sie zu kontaktieren. Sie hat im Sommer die Leitung eines großen Architektenbüros übernommen und weiß momentan nicht, wo ihr der Kopf steht. Wenn es Ihnen recht ist, werde ich am Mittwoch bei Ihnen erscheinen. Grundsätzlich kommt natürlich auch jeder andere Termin für mich in Frage.

Bei der Gelegenheit möchte ich Sie bitten, ab jetzt mich als Ansprech- bzw. Anschreibperson zu betrachten.

Ich weiß von meiner Frau, dass Sie am ersten Elternabend ausdrücklich darum gebeten haben, nicht per Mail kontaktiert zu werden, was ich selbstverständlich gern respektiere. Da ich aber meine Handschrift nicht einmal mehr selber lesen kann, bin ich so frei, Ihnen hiermit per Computerausruck zu antworten, den ich formlos in ein geschlossenes Kuvert stecke. 100er-Packung Briefumschläge bereits gekauft! ☺ Höflich bitte ich Sie nur, den Erhalt meiner Schreiben zu bestätigen, sofern Sie im Heft nicht direkt darauf antworten.

Lukas' Schulsachen sind inzwischen komplett. Wir haben den Samstag dafür genutzt, das Schreibzeug (samt Penal!), die fehlenden Hefte und anderes Lernmaterial zu besorgen.

Walter Gruber, am Freitag, den 8. Oktober

PS: In welche Klasse geht Lukas eigentlich?

PPS: War ein Scherz! ☺

Mars plastic
ECCO PIGMENT
Pigment Liner
Schul
A4
limiert
DIN A4, 40 BL
2 4
AB
klimaneutral
DIN A5
40 BLATT
GLATT

eiben
LIBRO
LIBRO

1

C:\Users\Walter\Dokumente\LukasSchule\TagebuchadMitteilungsheft
Freitag, 8. 10.

Dann wird KuL, Kümmern um Lukas, jetzt also meine neue Hauptnebenbeschäftigung werden. Auch okay. Bis jetzt waren sich Bine und ich diesbezüglich einig: Sie macht Lukas. Ich mache Laura, gendermäßige Verschränkung sozusagen, ich den Sohnemann, meine Frau seine kleine Schwester. Leider kommt Sabine mit dieser Söllner inzwischen nicht mehr zurecht. Da ist letztes Schuljahr etwas gekippt. Zu Beginn der ersten Klasse hat es noch geheißen: „Lukas, ich weiß gar nicht, was du hast, die ist ur nett." Am Ende der ersten: „Lukas, beruhig dich, die kann auch ur nett sein." Zu Beginn der zweiten: „Hör zu, Lukas, eine Lehrerin muss nicht in erster Linie nett sein." Am Ende der zweiten: „Okay, Lukas, zu den Netten gehört die nicht. Aber wir ziehen das durch." Und jetzt: Totalschaden:

- Aus! Schluss! Walter, Schatz, ich mache das nicht mehr länger mit!
- Aha?
- Nix aha. Ich mach das nicht mehr länger mit. Jetzt bist du dran.
- Und was genau machst du nicht mehr mit?
- Alles. Lukas. Die Schule. Die Lehrer. Die Söllner. Die Vorladungen. Alles. Als Mutter eines Schulkinds kannst du dein Theater-Abo gegen ein Libro-Abo eintauschen, so viel Zeit verbringst du in einem Papierwarengeschäft. Tuschstifte, Geodreiecke, Hefte. Wozu überhaupt diese vielen Hefte? Wer schreibt im richtigen Leben bitte in Hefte! Schreibst du in ein Heft? Zeichne ich in ein Heft? Aber solange du zur Schule gehst – Hefte, Hefte, Hefte. Hefte mit Korrekturrand, Hefte ohne Korrekturrand. Große Hefte, kleine Hefte, Mittelquarthefte. Hefte im Hochformat, Hefte im Querformat. Hefte in roten Einbänden, Hefte in gelben, Hefte in blauen Einbänden. So viel Wissen gibt es gar nicht, wie ein Kind heute Hefte dafür braucht. Und dann musst du dich von diesem Trampel von einer Lehrerin auch noch dafür anschnauzen lassen, dass es dein Sohn nicht schafft, den richtigen Radiergummi einzustecken. Ich bin bitte Innenarchitektin! Und da tut die so, als wüsste ich nicht, welcher Radiergummi für welch…

- Bine, beruhig dich! Außerdem kann dich Lukas in seinem Zimmer hören, wenn du so laut redest!
- Du vergisst, dass er 24 Stunden am Tag Stöpsel im Ohr hat.

– ICH HÖR EH NICHTS!

- Ist mir außerdem egal, ob Lukas etwas hören kann.
- ---
- ---
- Du solltest die Söllner vor ihm trotzdem nicht Trampel nennen. Sie ist seine Mathe-Professorin, außerdem ist sie sein Klassenvorstand. Damit ist sie für ihn so etwas wie Kaiser Augustus, und er sitzt in der Galeere am Ruder.

– WIE WER IST SIE?

- AUGUSTUS. EIN RÖMISCHER KAISER! DEN NAMEN SOLLTEST DU EIGENTLICH SCHON EINMAL GEHÖRT HABEN!

– CAESAR HAB ICH SCHON GEHÖRT!

- Und wie die mit einem redet!
- Schreibt. Sie schreibt mit dir, sie redet nicht mit dir. Sie will zwar mit dir reden, aber du offenbar nicht mit ihr. Sei ehrlich, Bine, du willst dir keine Zeit für sie nehmen. Ich versteh das ja auch irg...
- Fällst du mir gerade in den Rücken?
- Das hat mit in den Rücken fallen nichts zu tun. Aber ich habe inzwischen die Mitteilungen im Mitteilungsheft gelesen.
- Und?
- Ich meine, deine Mitteilungen.
- Und?
- Nix und.
  Besonders höflich warst du nicht.
- Ich war nicht höflich? Wer behandelt da wen ununterbrochen von oben herab? Erscheinen soll ich. Was nimmt sich dieser Trampel da heraus.
  Und auf welcher Seite stehst du jetzt eigentlich?

Der Streit hatte gestern bereits beim Abendessen unter dem geöffneten Fernseh-Altar begonnen. Die Welt-Nachrichten waren vorbei, die Teller abgeräumt, gleich wären die Society-News gekommen. Aber dann:

- Aus! Schluss! Walter, Schatz, ich mache das nicht mehr länger mit!

– Aha?

– Nix aha. Ich mach das nicht mehr länger mit. Jetzt bist du dran.

Also der Griff zur Fernbedienung. Mute. Bild ohne Ton. Für Laura das Signal, sich in ihr Zimmer zurückzuziehen. Eine halbe Stunde später haben wir auch Lukas aus dem Zimmer geschickt („Nein, zum Kuckuck, wir streiten nicht, wir diskutieren! Und wenn dir das nicht passt, kannst du ja gehen und schauen, was deine kleine Schwester macht!"). Eine weitere halbe Stunde später ist Sabine wütend aus dem Zimmer gelaufen („Warum musst du, wenn es um Lukas und die Schule geht, immer gegen mich argumentieren?") Noch eine halbe Stunde später sind wir stumm nebeneinander im Bett gelegen. Fast stumm.

– Sabine, warum streiten wir eigentlich immer wegen nichts?

– Wir streiten nicht wegen nichts. Und auch nicht immer. Wir streiten, wenn wir streiten, wegen Lukas und seiner blöden Schule. Und weil du kein Verständnis für meine Lage hast. Ich bin, herrgott!, überarbeitet. Wenn du an deinen Drehbüchern arbeitest,

die du stapelweise verschickst und wieder zurückkriegst, darf dich den ganzen Tag keiner stören, aber wenn ich ...

- Ich kann gar keine Stapel zurückkriegen, denn ich verschicke keine Stapel. Ich verschicke, wie du weißt, Exposés. Und das in Form schlanker Mails oder auf USB-Sticks.
  Und ich bekomme sie nicht wieder zurückgeschickt.
  Nicht alle.
- ---
- Das „B-Team“ wird eine Fernsehserie.
- Sagt wer?
- Die Chancen stehen bestens.
- Sagt wer?
- ---
  Und dass man mich den ganzen Tag über nicht stören darf, ist auch Unsinn.
- Dann frag ich mich, was du den ganzen Tag am Computer tust. Pornos schauen?
  Ich gehe in der Früh, bevor es hell wird, aus dem Haus, und ich komme zurück, nachdem es wieder dunkel geworden ist. Ich bring das Geld nach Hause, das wir brauchen, um die Rechnungen zu bezahlen, ich koche, ich putze, und zwischendurch muss ich mich auch noch mit pubertierenden Schulkindern und deren frustrierten Lehrerinnen herumsch...
- Aha, das alte Lied: Die Frau Superarchitektin schupft den Laden, während der Heim-Schriftsteller mit viel Tagesfreizeit seinem Hobby nachgeht.
- Wer hat denn gestern wieder gekocht? Und wer, zum Kuckuck, hat noch gegen Mitternacht die Wäsche aus der Waschmasch...

Irgendwann hat Lukas aus seinem Zimmer herübergebrüllt:

- Kannst du bitte leise sein, Mutter! Ich will schlafen, fuck!
- Sag das deinem Vater! Ich bin leise!
- Sei leise, Vater!
- Ich bin leise. Und gewöhn dir ab, fuck zu sagen. Erstens ist es ein grausliches Wort, und zweitens kriegen wir dann wieder einen Anruf von deinem Religionslehrer.

– Religionslehrer?
– Idebski. Oder wie der heißt.
– Der Izdebski! Der war in der Volksschule! F...! Bei uns gibt es gar keinen männlichen Lehrer, auch keinen Religionslehrer. Bei uns ist sogar der Islamlehrer eine Frau.
Und ich geh seit zwei Jahren nicht mehr in Reli! ► Reli S 187
Was wisst ihr eigentlich?

Nach Mittwoch weiß ich alles. Bin schon gespannt, wie das wird. Ich werde das blaue Sakko anziehen. Blau schafft Vertrauen.

13 Jahre
9 Jahre

Er schaut nicht Nachrichten, er schaut Zimmermann.

2

C:\Users\Walter\Dokumente\LukasSchule\TagebuchadMitteilungsheft
Sonntag, 10. 10.

„Wenn es Ihnen recht ist, werde ich am Mittwoch bei Ihnen erscheinen." Erscheinen! Habe ich das wirklich geschrieben? Mein Gott, Walter, da hast du ja eine hübsche Schleimspur gezogen ☺. Aber was soll's, du hast es für Lukas getan, für den würdest du noch ganz andere Sachen tun. Für Laura sowieso. Aber die braucht noch nicht viel. Die sagt noch Mami und Papi, zeigt brav auf, wenn sie etwas sagen will, und ist, wenn sie in der Früh aufsteht, neun von zehn Mal gut aufgelegt. Denn zwischen einem 9-jährigen Kind und einem 13-jährigen Kind liegen nicht vier Jahre, das will einen nur die Mathematik glauben machen, zwischen einem 9-jährigen Kind und einem 13-jährigen Kind liegen mindestens zehn Jahre. Mit 13 ist man offensichtlich dauersauer. Was im Fall von Lukas schon beim Aufstehen beginnt und letztlich eh auch wieder kein Wunder ist, wenn du jeden Tag bereits 0:3 im Rückstand liegst, bevor das Spiel überhaupt begonnen hat. Und Lukas hat zwar ein paar Kilos zu viel, aber eine dicke Haut hat er deswegen trotzdem nicht. Englisch – spanische Dörfer für ihn. Mathe – spanische Dörfer. Geometrie – Dörfer auf dem Mars. Lukas ist kein Sportler, Lukas ist kein Mathematiker, Lukas wird in diesem Leben auch nicht Architektur studieren, und wenn sich das Bine hundertmal von ihm wünscht.

– Glaub mir, Schatz, er muss als Architekt nicht gut zeichnen können. Vergiss Zeichnen. Das kommt später von allein. Er muss Ideen haben. Und Lukas hat Ideen. Er muss einen Blick für die Welt haben. Und Lukas hat einen Blick. Stimmt's, Lukas?

– Ich weiß nicht, was du meinst, Mutter.

– Sag nicht Mutter, das mag ich nicht.
Findest du es zum Beispiel gut, dass das städtische Straßenbild überall von Autos dominiert wird? Von hässlichen, stinkenden, lärmenden und auch noch die Umwelt belastenden Blechdingern, von denen jedes 20 Quadratmeter Platz braucht und nach jedem Halt eineinhalb Tonnen Eigengewicht in Bewegung setzen muss, nur um eine Person von sagen wir 80 Kilo von A nach B zu befördern?

- Aha. Und wie kommt diese Person sonst von A nach B?
- Mit Öffis? Mit der U-Bahn? Mit der Straßenbahn, mit dem Bus? Öffis sind effizient, vergleichsweise sauber und erlauben ein ästhetisches Stadtbild. Straßen, Plätze, Hausfassaden, Menschen: All das wäre wieder sichtbar, wenn wir die Autos aus der Stadt verbannen würden. Autos sind scheiße. Aut...
- Und wieso haben wir dann zwei?

Um ehrlich zu sein: Ich habe null Ahnung, wofür Lukas talentiert ist. Dabei sollst du als Eltern schon in der Volksschule die Weichen stellen. Jetzt wieder bei Laura. Die Lehrerin am Elternabend zum vollzählig versammelten Publikum: „Fangen Sie damit an, die Weichen zu stellen. Achten Sie darauf, ob Ihr Kind eher sprachlich oder naturwissenschaftlich begabt ist." Ich dachte ja lange Zeit, der nächste Satz würde so lauten: „Danach entscheiden Sie, ob Sie es in eine neusprachliche oder naturwissenschaftliche Schule geben." Inzwischen weiß ich, wie der nächste Satz wirklich geht: „Sollte das der Fall sein, dann geben Sie es ins Gymnasium." Falls ein Kind nämlich irgendwo begabt ist, egal wo, gibt man es heutzutage auf ein Gymnasium. Falls es hochbegabt ist, auf das Hochbegabten-Gymnasium.

► Gymnasium S 181

Lukas haben wir, als es so weit war, ins Normalbegabten-Gymnasium gegeben. Ich meine, trotz: „Achten Sie darauf, ob Ihr Kind eher sprachlich oder ..." Schwer darauf geachtet, leider keine Begabung erkannt, trotzdem Gymnasium. Und jetzt heißt es Durchkommen. Aber das war immer schon so. Gezählt hat immer schon nur eines: Durchkommen. Das war früher nicht anders:

► Begabung S 178
► Durchkommen S 179

- Gruber, so wirst du nicht durchkommen!
- Wie, so, Herr Professor?
- Indem du ununterbrochen störst.
- Ich hab den Gottfried nur gefragt, wie ...
- Du sollst aber nichts fragen, wenn ich etwas erkläre. Mach mit – oder fall mir wenigstens nicht auf!
- Ja, Herr Professor.

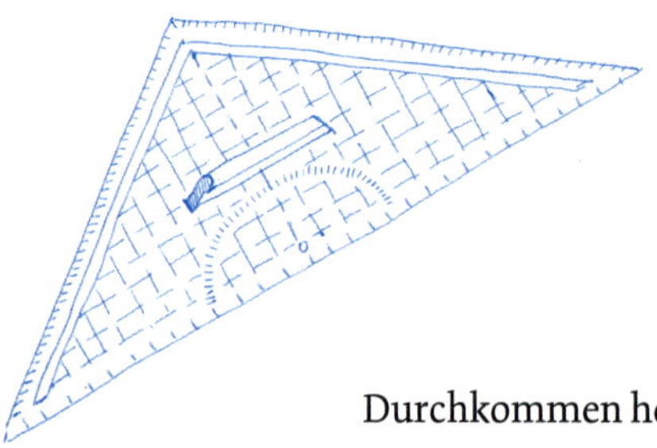

Durchkommen heißt es allerdings nur auf der einen Seite der Front, auf der anderen Seite heißt es: Durchlassen. Und da kann einer durchkommen wollen, so viel er will, wenn auf der anderen Seite jemand sitzt, der ihn nicht durchlässt, hat er keine Chance. Wie hatte Sabine also letztens beim ge-

mütlichen Abendessen unter dem Fernseh-Altar begonnen: „Lukas, wenn das mit dir so weitergeht, lässt dich die Söllner heuer nicht durch." Freitag, ca. 19.35 Uhr. Sabine, Laura, Lukas und ich bei Spaghetti Bolognese, Marie-Claire Zimmermann mit den Weltnachrichten am Bildschirm auf dem Fernseh-Altar:

- Wenn das mit dir so weitergeht, Lukas, lässt dich die Söllner heuer nicht durch.
- Wie, so weitergeht.
- Dass du nichts auf die Reihe kriegst. Hefte, Schreibzeug, Hausschuhe. Du weißt, was ich meine.
- Pscht!
- Nein, weiß ich nicht.
- Pscht jetzt bitte!

– Wieso besorgst du dir deine GZ-Sachen eigentlich nicht selber? Du wirst dir doch noch einen Radiergummi und ein paar Lineale auch ohne mich besorgen können.
Und dann würde ich auch noch gerne wissen, was du in Turnen mit deinem Piercing anstellst, dass das jetzt sogar im Mitteilungsheft steht.
– Selber besorgen. Supernett! Wenn die Laura etwas braucht, gehst du immer mit ihr!
Gib's zu, Laura, wenn du etwas brauchst, geht die Mami immer mit dir.
– Die Laura ist neun, Lukas, no-hoin. Und sie ist in der Volksschule. Volksschulkinder gehen noch nicht allein einkaufen, okay?
Und die Hausschuhe müsstest du nur endlich einpacken. Die liegen im Schuhkasten. Oder soll ich jetzt deine Schultasche auch wieder kontrollieren?
– Ich scheiß auf Hausschuhe. Ur schwul. Ur Caritas.
– Könnt ihr jetzt, verdammt noch einmal, endlich still sein. Da geht's um die amerikanische Präsi...
– Lukas, red bitte nicht so: ur schwul, ur Caritas. Weißt du überhaupt, was die Caritas ist? Ohne die Caritas könnten Millionen arme Menschen weltw...
– Mir sind aber die Millionen armen Menschen weltweit egal. Und, Vater, es heißt, wenn schon, US-amerikanisch, es heißt nicht amerikanisch. Amerika ist ein Kontinent, zwei Kontinente sogar, nicht nur ein Land. Da ist noch Kanada. Und Mexiko. Und vom mexikanischen Präsidenten sprichst du ja nicht, oder?
– ---
– Oder?
– Von was spreche ich nicht? Vom mexikanischen Präsi... Zum Kuckuck, was willst du mir eigentlich sagen?
– Er will dir sagen, Wawa, dass du nicht erwarten kannst, dass ...
– Und du nenn mich bitte nicht Wawa! Es genügt, dass meine Mutter noch immer Wawa zu mir sagt.

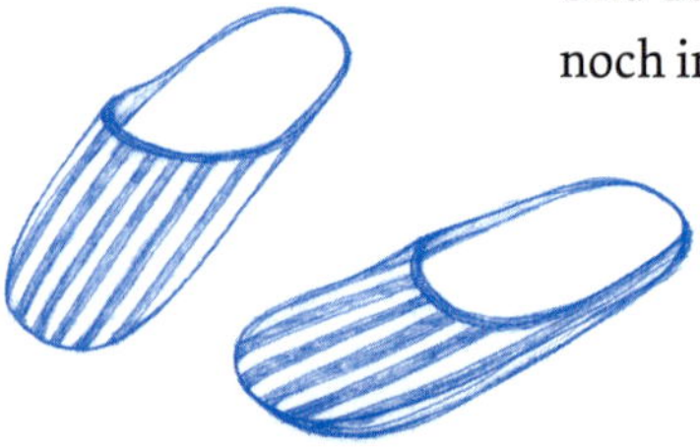

– … dass alle still sind, nur weil du glaubst, dass du et…
– Ich nenne dich schließlich auch nicht Kälbchen. Und jetzt endgültig pscht!
– … dass du etwas versäumst, wenn du nicht jeden Tag Nachrichten schaust.
– Er schaut nicht Nachrichten, er schaut Zimmermann.
– Erstens, lieber Wawa, hat mich nur meine blöde Schwester Kälbchen genannt, und zweitens solltest du wissen, dass dein Herr Sohn offenbar gerade alles daran setzt, heuer sitzenzubleiben. Und WAS schaut er?
– Marie-Claire Zimmermann. Vater steht auf Marie-Claire Zimmermann, weißt du das nicht?
– DÜRFTE ICH BITTE DIE NACHRICHTEN HÖREN!!! ESST! UND HALTET ENDLICH DIE KLAPPE!!!
– Ich hab geglaubt, ich bin zu dick und soll nicht so viel essen.
– Du stehst echt auf diese Zimmermann?

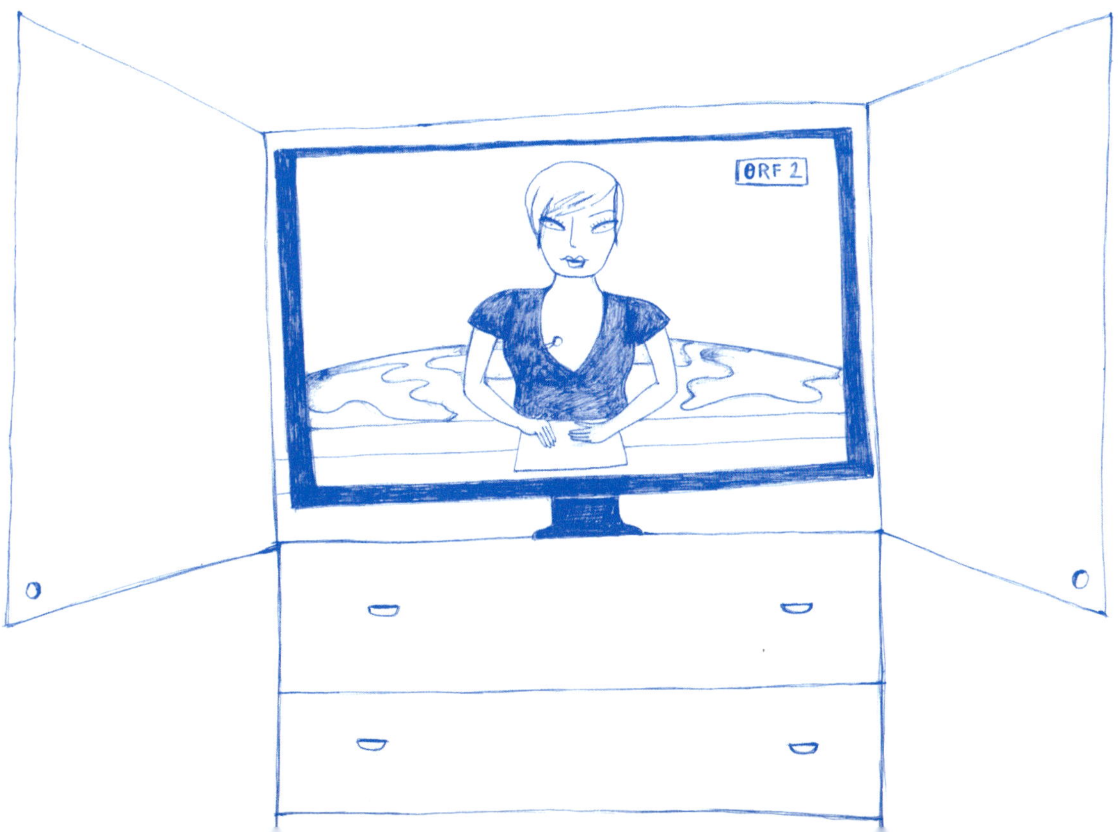

Reingard Söllner *Sehr geehrter Herr Gruber!* *Montag, 11. Oktober*
Es freut mich, dass ich mich in Zukunft an Sie wenden kann, gern in der von Ihnen gewünschten Form, besonders freut es mich, dass Sie die Zeit finden, zu einem persönlichen Gespräch in die Schule zu kommen.
Allerdings bin ich am Mittwoch mit einer Klasse auf Lehrausgang. Ich kann Ihnen jedoch Donnerstag nächster Woche anbieten, donnerstags halte ich von 11 bis 12 Uhr meine Sprechstunde. Es kann sein, dass Sie ein paar Minuten warten müssen, denn an diesem Tag habe ich bereits zwei andere Mütter.
Leider muss ich Ihnen mitteilen, dass sich die BS-Lehrerin erneut darüber beklagt hat, dass Lukas sich weigert, sein Nasenpiercing abzunehmen.
Anbei noch eine Auflistung der Beiträge, die wir zu Jahresbeginn in der 3A einheben müssen. Insgesamt sind € 112,50 zu bezahlen. Wie Sie sehen, inkludiert das bereits den Beitrag für Kochen, den Unkostenbeitrag für Werken sowie die Klassenkassa.
Mag. Reingard Söllner

Walter Gruber *U: gesehen, Walter Gruber*

Lukas 11. Oktober
Am Mittwoch endet der Unterricht um 11.50. Glasur des Lehrkörpers.

Walter Gruber *U: gesehen, Walter Gruber*
PS: Er weiß jetzt auch, dass das Ding Klausur heißt.

Lukas Am nächsten Di. oder Mi. kommt der Fotograf, schön anziehen. Keine zerrissenen Jeans! Keine ~~Turn~~ alten schiarchen Turnschuhe! ► Fotograf S 180

Walter Gruber *U: gesehen, Walter Gruber*

Walter Gruber *Sehr geehrte Frau Professor Söllner,*
Dann komme ich gerne am Donnerstag (auch wenn Sie bereits zwei „andere Mütter" haben). Wir drei werden uns beim Warten die Zeit mit Frauengesprächen vertreiben. Das Geld für die Klassenkassa etc. werde ich ebenfalls dabeihaben.
Zu Lukas' Piercing: Dass sich jetzt nach der Turnlehrerin auch noch die BS-Lehrerin über Lukas' Piercing beklagt, tut mir leid. Ich verstehe zwar ehrlich gesagt nicht, was Lukas mit seinem Piercing treibt, dass er damit dauernd den

Unterricht stört, aber meine Frau und ich werden noch heute mit meinem Sohn Tacheles reden!

mfG

Walter Gruber, Wien, Montag, den 11.10.

Bewegung & Sport

3

C:\Users\Walter\Dokumente\LukasSchule\TagebuchadMitteilungsheft
Dienstag, 12. 10.

BS. So ein vertrottelter Name! „Bewegung und Sport“. Warum heißt das nicht normal Turnen? Oder wenigstens Leibesübungen, wie zu meiner Zeit. BS. Immer diese neuen Namen. Wie bei den Schultypen. Früher Hauptschule, Gymnasium, HTL, aus. Und heute: VS, AHS, BRG, BRWG, HS, WMS, NMS, SPZ, Poly, FMS, BHS, BMS. Früher Kochen. Heute „Ernährung und Hauswirtschaft“. Früher „Turnen“. Heute „Bewegung und Sport“, nachdem es zwei Generationen lang „Leibesübungen“ geheißen hat. Dabei hat noch nie einer nicht Turnen dazu gesagt. Und dann stehst du als Vater als Idiot da.

► Turnen S 190
► AHS S 177

Das hat so begonnen:

- Lukas, sag, was treibst du eigentlich mit deinem Piercing!
- Mit was?
- Leg bitte kurz deinen Smart-Trottel weg und hör mir zu. Also. Was treibst du mit deinem Piercing, dass sich schon die halbe Schule darüber aufregt?
- Wieso? Was soll ich treiben? Und was heißt, die halbe Schule? Nur die Sibera.
- Nein, zuerst die Sibera, und jetzt, wie ich gestern deinem Mitteilungsheft entnehmen durfte, auch noch die BS-Lehrerin.
- ---
- ---
- Das meinst du jetzt aber nicht ernst!
- Was mein ich nicht ernst?
- Vater, du ...
- Sag nicht Vater. Kannst du nicht Papi sagen, wie alle anderen Kinder?
- BS. Ist. Turnen. Papi! Bewegung und Sport. Turnen.

Lukas hat sich vor Lachen gar nicht mehr eingekriegt. Zum Glück ist Sabine gerade unter der Dusche gestanden. Ich:

- Bewegung und was??
- Bewegung und Sport. BS. Turnen. Heißt eh erst so, seit ich in die Schule gehe.

Okay, schwerer Fauxpas. Und rückgängig machen kann ich ihn auch nicht mehr. Wahrscheinlich hat sie meinem Sohn das Mitteilungsheft deswegen nicht zurückgegeben! Geht jetzt im ganzen Schulhaus damit herum und zeigt allen, was Lukas aus der 3A für einen Volldillo als Vater hat: Seht alle mal her, was der Mann da hineingeschrieben hat, der weiß nicht einmal, wie die Gegenstände seines Sohnes heißen …

- Sag noch einmal, Lukas: warum hat die Söl… dein Klassenvorstand das Mitteilungsheft heute behalten?

- Ich weiß auch nicht.
- Hat es etwas … mit meiner … letzten Eintragung zu tun?
- Weiß nicht. Welche Eintragung? Glaub nicht. So halt. Manchmal behält sie die Mitteilungshefte und kontrolliert alles und so.
- Okay. Okay, Turnen heißt jetzt BS.
  Und was treibst du in BS, dass du wegen deines Piercings jetzt schon zum zweiten Mal eine Eintragung ins Mitteilungsheft hast? ► Piercings S 186
- Sie üben für das Footballturnier. Und sie wollen, dass ich mitmache. Aber ich muss das Piercing raustun.

- Sie wollen, dass *du* mitmachst?
  Dann mach doch bitte mit! Football ist doch super!
- Und warum sagst du das so komisch: Du? Dass *du* mitmachst? Warum soll ich nicht mitmachen?

- Weil du zwei Linke hast, weder kicken kannst noch sonst einen Sport beherrschst, bei dem ein Ball im Spiel ist, und weil du schlicht und einfach um gute acht Kilo zu viel hast!

Sagst du natürlich nicht. Du sagst:

- Ich hab das gar nicht komisch gesagt. Ich freu mich, dass ihr Football spielt und nicht immer nur … Federball.

- Badminton.
  Die Sibera sagt, bei Football kann ein Nasenpiercing wie meines zu Verletzungen führen.
- Dann gib es, verdammt, eben raus und nachher wieder hinein.
- Ich überleg es mir. Darf ich jetzt wieder Handy?

– Nicht bevor du mir einen Handstand gezeigt hast …
War ein Witz.
– Die ur super Witze machst du.

Lukas und Turnen – das sind zwei Linke unten, zwei Linke oben und dazwischen wie nicht gesagt acht Kilo zu viel an den Knochen. Dabei isst der Bub auch nicht mehr als die anderen. Es ist Veranlagung. Von der Mutterseite her. Bines Vater kommt ohne Seilzug überhaupt nicht mehr von der Fernsehcouch hoch. Und Bine … naja, dick ist sie nicht, also dick im Sinn von … dick, und mich haben die paar Kilos mehr um die Hüften nie gestört, im Gegenteil, meiner Frau steht das. Lukas hat die Figur seiner Mutter. Veranlagung. Aber erklär das einmal einer Reckstange, sag einmal einer Reckstange: „Du, Reckstange, da handelt es sich um ein Naturgesetz. Regen ist nass, das Leder ist rund, der Lehrer hat Recht, und Lukas wird es in diesem Leben nicht mehr schaffen, sein Lebendgewicht um dich herum zu drehen, weder im Felgeaufschwung noch sonstwie. Da kriegst du schneller einen Krawattenknoten mit dir selber hin, also vergiss es und roll dich ein!“

► Felgeaufschwung S 180

Reckstangen sind ja vermutlich in Rumänien erfunden worden und das auch nur deswegen, weil sie das Blutsaugen inzwischen sogar dort verboten haben und die Vampire und andere Sadisten daraufhin geschlossen in die Gymnastikbranche gewechselt sind. Daher kennen Reckstangen naturgemäß kein Mitleid, quasi Lizenz zum Foltern.
Oder diese Seile, die da in sämtlichen Höheren Schulen dieser Welt von den Turnsaaldecken hängen, weil irgendwann irgendwo ein Weltverbesserer geglaubt hat, er muss die Entwicklung vom Affen zum Menschen wieder rückgängig machen und am besten in der Schule damit beginnen. Warum müssen Menschen auf Seile klettern? Warum müssen sie über Kästen springen? Warum müssen sie laufen? Nie werde ich den Unteroffizier vergessen, der uns im Grundwehrdienst beim vorschriftsmäßigen Waldlauf immer gemütlich spazieren gehen hat lassen, solange der Kompaniekommandant nicht zugeschaut hat. „Hätte Gott gewollt, dass ich laufe, hätte er ein Pferd aus mir gemacht", hat er einmal gesagt.

Mitteilungsheft

Reingard Söllner

Sehr geehrter Herr Gruber! *Mittwoch, 13. Oktober*
Nachricht erhalten.
Probleme bezüglich des Nasenpiercings gibt es nur im Turnunterricht! Die zuständige Lehrerin, Frau Professor Sibera, wird sich diesbezüglich noch bei Ihnen melden.
Mag. Reingard Söllner
U:

Walter Gruber

Sehr geehrte Frau Professor Söllner,
Ich habe da etwas durcheinandergebracht. Sorry! Mein Sohn hat mich inzwischen aufgeklärt.
PS: Lukas ist sein Piercing heilig. Es war ein Geburtstagsgeschenk. Er hatte die Wahl zwischen a) einem Piercing und b) einem Jahr Heimunterricht.
PPS: Das mit dem Heimunterricht war ein Scherz!
Mit liebem Gruß, Walter Gruber, Mittwoch, den 13. Oktober

Heimunterricht
LUKAS
Walter
= NEIN DANKE!

4

C:\Users\Walter\Dokumente\LukasSchule\TagebuchadMitteilungsheft
Mittwoch, 13. 10.

Wenn die wüsste, dass wir uns vor dem Sommer so genannten „häuslichen Unterricht" wirklich ernsthaft überlegt haben! Das heißt, Sabine hat ernsthaft überlegt. Ich habe nur so getan, als würde ich ernsthaft überlegen. Denn wer hätte die A...-Karte gehabt? Der gute Wawa.

- Wawa, du verbringst mit deinen Theaterstücken doch nicht zwölf Stunden am Tag, richtig?
- Sag bitte nicht Wawa.
  Und höre ich da einen Unterton heraus, den ich nicht mag?
- Lenk jetzt bitte nicht ab! Sitzt du zwölf Stunden am Tag vor deinem Computer und arbeitest an deinen Drehbüchern? Nein, richtig?
- Richtig, ich sitze nicht zwölf Stunden am Tag vor meinem Computer und arbeite an meinen Drehbüchern.
- Dann könntest du doch Lukas unterrichten.
- WAAAS?
- Als sein Hauslehrer, sozusagen.
- Ich bin kein Lehrer, ich bin Autor.
- Du könntest es aber. Die vorgeschriebenen Prüfungen schaffen die Kinder wie nix, frag meine Schwester, und sie können ihren eigenen Arbeitsrhythmus finden, sie müssen in der Früh nicht um halb sechs Uhr aufstehen, sie müssen nicht noch nach dem Abendessen für Prüfungen lernen und sie können das lernen, was sie interessiert, und nicht das, was gerade dran ist.
- Bine, zum Kuckuck! Ich schreib Dr...
- Drehbücherweildubistschriftsteller, ich weiß. Aber glaubst du denn, dass sich, seitdem wir in die Schule gegangen sind, dort irgendetwas geändert hat? Erinnerst du dich, als Laura in die Volksschule gekommen ist? Das war vor nicht einmal vier Jahren. Hat da irgendetwas in der Klasse anders ausgeschaut als fünf Jahre vorher, als Lukas in die Volksschule gekommen ist? Von der Tafel bis zur Frisur des Lehrerin – alles gleich. Und hat Lukas irgendetwas anderes gelernt, als wir selber vor 30 Jahren gelernt

► Klassen S 182

haben? Sogar das Kapitel über das Holzfällerleben in Kanada habe ich wiedererkannt. Also eben!

- Was heißt also eben.
- Ich finde, wir sollten uns überlegen, Lukas zu Hause zu unterrichten.
- Und warum sollten wir uns das überlegen? Nur weil Nora das macht? Weil deiner lieben Schwester zu Hause fad ist mit zwei Bio-Swimmingpools, die sich von alleine sauber halten? Und weil sie vor lauter Charity-Events keine Zeit findet, um einmal im Jahr zu Jan-Laurins Elternsprechtag zu gehen?
- Zweimal. Abgesehen davon heißt das jetzt KEL-Gespräch. Und Jan-Laurin wird nicht deswegen seit drei Jahren zu Hause unterrichtet, weil meiner Schwester fad ist, sondern weil sie zu Recht nicht versteht, wieso sie unsere Gratisschule jeden Monat alles zusammen 500 Euro kostet – Schule, Essen, Nachmittagsbetreuung –, und sie mit Jan-Laurin trotzdem Abend für Abend bei den Hausaufgaben sitzt oder Referate ausarbeitet. Verstehst du?

► Gratisschule S 181

- ---
- Und wir machen das, weil Lukas sonst nicht durchkommt.
- Wer sagt, dass Lukas nicht durchkommt. Natürlich kommt Lukas durch. Und wenn deine Schwester so dumm ist, einer Schule 500 Euro für die tägliche Pizza und Kindern-ein-paar-Stunden-beim-Nichtstun-Zuschauen zu schenken – bitte! Selber schuld! Dreimal im Jahr drei Wochen Kroatien kann man sich damit finanzieren!

– Ich will nicht schon wieder nach Kroatien.
Scheißsteinstrand überall!

- Sei still, Lukas, du bist jetzt nicht gefragt.

– Wenn ihr nach Kroatien fahrt, fahr ich nicht mit.
Niko hat mich eh gefragt, ob ich in den großen Ferien nicht mit ihm mitfahren darf! Er fahrt mit seiner Mutter nach Sri Lanka!

- Fährt.

– Was?

– Fährt, heißt das. Sri Lanka? Nikos Eltern machen in Sri Lanka Urlaub?
– Niko? Wer ist Niko?
– Niko van Butte, Schatz! Niko ist Lukas' bester F…

– Nur seine Mutter. Es gibt's keinen Vater.

– Meine Güte, Lukas, das heißt nicht: Es gibt's. Es heißt: Es gibt. Wer sagt so etwas: Es gibt's …

– ---

– Sri Lanka? Bist du sicher, Sri Lanka?

– Scheißsteinstrand! Fuck!

– Und aus jetzt, Lukas! Ok? Aus! Jetzt!

– SCHEISSSTEINSTRAND!

– Jedenfalls, lieber Walter, könnten wir uns viel Geld ersparen, wenn wir Lukas zum Heimunterricht anmelden würden.

► Häuslicher Unterricht S 181

– Okay, ich erkundige mich. Ich meine, ich erkundige mich, ob das überhaupt geht. Von den Fristen her. Und vom Alter. Und mit Lukas müssten wir reden, ich m…

- Hab ich.
- Wie, hab ich?
- Ich habe mit ihm geredet. Er ist einverstanden. LUKAS, SCHATZ, STIMMT'S?

  - Was stimmt? Und schreit bitte nicht so!

- Ich hab nicht gesehen, dass du im Zimmer bist. Also, stimmt's, du kannst dir vorstellen, dass dich dein Vater nächstes Jahr zu Hause unterrichtet?

  - Ich hab gesagt, vorstellen. Und ich hab gesagt, wenn ich dafür einmal pro Woche am Abend zu Niko gehen darf.

- Das ist jetzt nicht das Thema.

  - Das ist schon das Thema.

- So. Geh jetzt bitte wieder in dein Zimmer, ich möchte das mit deinem Vater allein besprechen.
- ---
- ---
- Okay, Wawa, das müssen wir natürlich nicht jetzt besprechen. Du gehst dich also erkundigen.
- Hab ich gesagt.
- Ehrlich?
- Ehrlich.
- ---
- ---
- Was glaubst du, Schatz, fährt Nikos Mutter wirklich allein nach Sri Lanka? Ich meine, ohne Mann?

Natürlich bin ich mich damals nicht erkundigen gegangen. „Im Heimunterricht kann Lukas lernen, was ihn interessiert, und nicht das, was gerade dran ist." Von wegen! Noch nie etwas von einem Lehrplan gehört? Und der, der Lukas hätte sagen müssen, was gerade dran ist, wäre ich gewesen. Nicht wirklich die supere Rolle für den liebenden Vater eines Buben, der in jedem wichtigen Gegenstand auf dreiviertel fünf steht. Heimunterricht, nein danke, ohne mich!

Es ist dann am nächsten Abend richtig hässlich geworden. Sabine rein bei der Tür, die Sonnenbrille noch nicht abgenommen, die Tasche noch nicht abgestellt:

Und...?
RUMS

- Und?
- Was und?
- Hast du dich wegen dem Heimunterricht erkundigt?
- Ja.
- ---
- Also Ja. War toll! Ich meine, wäre. Konjunktiv. Weil wir sind jetzt einfach schon viel zu spät dran. Weil das müsste geprüft werden ... ich meine, wir müssten geprüft werden ... ob wir das auch könnten. Die kommen also zu dir in die Wohnung und überprüfen dich natürlich. Also kämen. Konjunktiv. Schau, jetzt haben wir Ende Mai, im Sommer ist schulmäßig alles zu, und schon ist das nächste Schuljahr da. Wir hätten ...
- Du hast gar nicht gefragt, stimmt's?
- Wieso soll ich nicht gefragt haben?
- ---
- ---
- Ich hätte es mir denken können. Gut. Also kein Heimunterricht. Wenn du nicht mitziehst, ist es sinnlos. Aber wenn Lukas nächstes Jahr nicht durchkommt, mach ich dich dafür verantwortlich, das schwöre ich dir.
- Ehrlich, Sab...
- Sag jetzt besser nichts mehr, okay?
- Gut, sag ich halt nichts mehr.

Mitteilungsheft

Lukas 14. 10.

Am Fr., 15. 10., ist Geschichte-Überprüfung d. Vorjahresstoffs (Stoff i. d. GS-Mappe) ► Stoff S 189

U:

Reingard Söllner *Sehr geehrter Herr Gruber!* *Donnerstag, 14. Oktober*

Dann trage ich Sie also für heute in einer Woche in meinen Sprechstunden-

Kalender ein. Leider ist es heute zu einem unerfreulichen Vorfall gekommen. Lukas ist dabei erwischt worden, wie er mit seinem Smartphone im Schulhaus unerlaubt Videoaufnahmen machen wollte. Daher musste ihm das Handy vorläufig abgenommen werden. Es liegt jetzt in der Direktion. Sie werden gebeten, es dort im Sekretariat abzuholen. Selbstverständlich kann ich es Ihnen auch am kommenden Donnerstag mitgeben.
Leider macht Lukas seine Hausaufgaben nur fallweise und nicht sehr gewissenhaft. Bitte reden Sie mit ihm!
Mag. Reingard Söllner
U:

Lukas Handy holen am Freitag nur bis ~~1 U~~ 13 Uhr möglich
Bitte vorlässlich holen!
U:

Lukas Erinnerung: Fotograf kommt am Di. Sauberes Gewand und keine Turnschuhe
U:

Gerlinde Zemann *Liebe Fam. Gruber,*
leider hat Lukas auf die angekündigte Geschichte-Wiederholung ein „Nicht genügend" bekommen: 12 von 40 Punkten. Er hat bis Ende nächster Woche die Möglichkeit, sich zu verbessern. Da der Stoff in Geschichte aufbauendes Verständnis der historischen Zusammenhänge erfordert, wird er Schwierigkeiten haben, die neuen Lehrinhalte richtig zu verarbeiten. Der Test liegt zur Unterschrift in seiner GS-Mappe.
Achtung: Nächste Woche Kontrolle der Deutsch-Hausübungsblätter.
Prof. Gerlinde Zemann
U:

Lukas Es fehlen mir im Mittelungsheft mehrere wichtige Unterschriften. Bitte Mitteilungen lesen und unterschreiben.
Walter Gruber *U: Alles gesehen, leider mit mehrtägiger Verspätung ☹, lieber Gruß bis Donnerstag nächster Woche, Walter Gruber, Freitag, den 15. 10.*

Jedenfalls verstehe ich nicht, warum du jetzt plötzlich wieder das Heft in die Hand nimmst.
Barbara van Butte

5

C:\Users\Walter\Dokumente\LukasSchule\TagebuchadMitteilungsheft
Freitag, 15. 10.

Das kann ja ein heiteres Wochenende werden! Zuerst haben sie vom Altar herunter das Wochenendwetter gepredigt: „Es ist für die Jahreszeit zu kalt.“ Eine schöne Formulierung für den Umstand, dass es draußen jeden Moment zu schneien beginnen könnte. Und Minustemperaturen auch im Hause Gruber. Laura kühl. Lukas kalt. Sabine eisig. Und ich komme mir vor wie im Tiefkühlfach unseres Kühlschranks – ein einsamer, gefrorener Paprika.

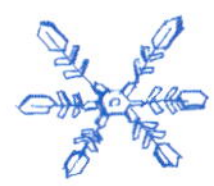

– Nein, Mami, ich borg's ihm nicht! Was kann ich dafür, wenn mein blöder Bruder sein Handy verliert …
– Sag nicht blöder Bruder.
– Er sagt auch blöde Schwester.
– Er soll auch nicht blöde Schwester sagen, hörst du, Lukas, sag nicht blöde Schwester zu deiner Schwester, du hast nur die eine, und, Laura, Schätzelchen, dein Bruder hat es nicht verloren, er hat es … bei einem Freund vergessen. Und Papi hat es vergessen zu holen, weil Papi muss ja immer den gaaanzen Tag vor dem Computer sitzen und nachdenken und schreiben und wieder nachdenken und schreiben, und dann vergisst P…
– Bine, lass das bitte! Laura, Papi hat Lukas' Handy nicht vergessen. Papi hat nur gar nicht gewusst, dass Lukas sein Handy in … bei einem Freund vergessen hat. Er hat sich zwar gewundert, dass dein Bruder beim Reden ihn und nicht den Smart-Trottel vor seinem Bauch angeschaut hat, er hat sich auch darüber gewundert, dass dein Bruder schon nach dreimal Rufen zum Abendessen erschienen ist und in seinen Händen plötzlich Platz war für Messer und Gabel, aber gewusst hat Papi nicht, dass Lukas sein Handy … bei einem Freund vergessen hat, denn Lukas hat ihm seit einer Woche sein Mitteilungsheft nicht mehr gezeigt. Nicht wahr, Herr Sohn?
– Seit zwei Tagen.
– Seit vier Tagen.
– Drei mit heute, und drei ist echt keine ganze Woche.

- Wieso ist das in seinem Mitteilungsheft gestanden, wenn er sein Handy bei einem Freund vergessen hat? Und bei welchem Freund überhaupt? Lukas hat gar keinen Freund.
- Laura, frag nicht so viel. Und du, Lukas, hör auf, dich herauszureden, okay? Wir zwei wissen, was Sache ist. Und dein Vater weiß es inzwischen hoffentlich auch.

  Wann genau und wofür genau soll dir Laura ihr Handy borgen?
- Ich borg es ihm eh nicht. Er verliert es bestimmt wieder.
- Ich hab noch nie ein Handy verloren! Und ich hab's auch nicht vergessen, fuck! Der Weiser hat's mir weggenommen.
- Lukas! Sag nicht fuck!
- Warum soll er nicht fuck sagen? Besser, liebe Bine, er sagt fuck, als er nennt Bananen schwul und seine Schwester blöd.

- Der Weiser? Sein Direktor? Sein Direktor hat es ihm weggenommen?
- Bitte! Sie muss mir ihr Handy borgen, nur morgen. Wie soll ich sonst meine Freunde treffen? Wir wollten morgen Nachmittag ins K...
- Seit wann darf Lukas sein Handy in die Schule mitnehmen? Ich ...
- Kino? Nicht einmal denken, mein Lieber! Es sei denn, ihr hättet vor, vorher und nachher gemeinsam Geschichte zu lernen, aber das habt ihr nicht vor, wozu auch? Der einzige mit einem Fünfer auf den Test bist du, stimmt's?
  Was hat denn zum Beispiel Niko?
- Ich weiß nicht, was Niko hat, vielleicht hat er keinen Fünfer. Was hat das mit m...
- Einen Einser hat Niko, ich hab vorhin mit seiner Mutter telefoniert, 39 von 40 Punkten.
- Er hatte die leichtere Gruppe.
- Du hast mit Nikos Mutter telefoniert, Bine? Wieso hast du mit Nikos Mutter telefoniert?
- Ich sag ja, ich hab irrtümlich das Falsche gelernt.
- ---
- ---
- Imperialismus und Nationalismus, Sarajewo, Erster Weltkrieg, Rotes Kreuz, Erste Republik. Steht alles in deiner Mappe! Wie kann man da das Falsche lernen?
- Wenn Lukas jetzt sein Handy in die Schule mitnehmen darf, dann will ich auch mein Handy in die Schule mitnehmen.
- Laura, Schätzelchen, Lukas durfte sein Handy nicht in die Schule mitnehmen. Darum hat man es ihm auch weggenommen, und jetzt hat Lukas gar keines mehr, bis es Papi holt. Und geht jetzt bitte in eure Zimmer, wir haben noch etwas zu besprechen!
- OIDA!
- OIDA!
- Du ... Schatz ... kannst du das mit dem Handy nicht am Montag auf dem Weg ins Büro erledigen? Immerhin hast du das Auto. Und ich müsste noch einen ganz wichtigen Dialog fertigsch...

Wenn Blicke töten könnten. Ich hab diesen Satz ja immer für Schwachsinn gehalten. Bis vorhin.

- Das Auto? Ich glaub, ich höre nicht recht! Das Auto ist mein Auto, weil du dein Auto nämlich seit Monaten nicht in die Werkstatt bringst, und außerdem haben wir vereinbart, dass Lukas' Schule heuer deine Sache ist, richtig?
- ---
- ---
- Dann misch dich auch nicht andauernd ein.
- Wieso misch ich mich ein?
- Das frag ich dich: Wieso mischt du dich ein? Du rufst Nikos Mutter an, du kontrollierst seine Hefte. Warum rufst du überhaupt Nikos Mutter an? Ich denke, ich soll mich um Lukas kümmern.
- Das heißt nicht, dass ich nicht die Mutter seines besten Freundes anrufen kann, oder?
- Doch, heißt es.
  Also nicht, ohne mir etwas zu sagen.
  Ich meine, wir kennen die Frau gar nicht.
- Doch, ich kenne sie seit vor dem Sommer. Barbara heißt sie. Wir sind per Du.
  Und Niko ist ein Einser-Schüler. Der spielt sich. Siehe Geschichte.
- Jedenfalls versteh ich nicht, warum du jetzt plötzlich wieder das Heft in die Hand nimmst.
- Weil du es offensichtlich nicht tust, sonst hättest du gewusst, was in Geschichte kommt.
- Und wie soll ich wissen, was bei Lukas zum Geschichtetest kommt, wenn er mir weder sein Mitteilungsheft noch sein Geschichteheft zeigt?
- Mappe. In Geschichte haben sie eine Mappe. Und wenn du darauf wartest, dass er dir eine Mappe oder ein Heft von sich aus zeigt, kannst du lange warten.
- Dann zeigt er mir seine Mappen und Hefte eben nicht! Es sind seine Mappen und Hefte! Ich will, zum Kuckuck, gar nicht wissen, was er in Geschichte oder sonstwo aufhat. Zeigst du mir etwa deine Zeichnungen? Oder Baupläne? Zeige ich dir etwa meine Dialo… gut,

das ist etwas anderes, da brauch ich eine Meinung aus dem Volk ... aber du weißt, was ich damit sagen will. Er ist es, der zur Schule geht, nicht ich.

- Aus dem Volk?
- Du weißt, wie ich das meine.
- Wawa, jetzt hör einmal gut zu, was dir deine Stimme aus dem Volk sagt: Wenn in Österreich ein Kind zur Schule geht, gehen auch seine Eltern wieder zur Schule. Und viel schlimmer, als wenn ein Kind die Schule schwänzt, ist es, wenn seine Eltern die Schule schwänzen. Womit, glaubst du, verbringe ich seit nunmehr drei Jahren meine freie Zeit? Was glaubst du, tu ich jeden Tag, bevor ich ins Büro gehe und nachdem ich vom Büro wieder nach Hause gekommen bin? Falls du es noch nicht bemerkt hast: Ich gehe in die Schule!
- Okay. Und in diesem Schuljahr bin ich es, der in die Schule geht, nicht du!

- LEG SOFORT MEIN HANDY WIEDER ZURÜCK!
- REG DICH AB, ICH SCHAU NUR, WELCHE APPS DU HAST.
- DAS BRAUCHST DU NICHT SCHAUEN.
ICH BORG DIR MEIN HANDY SOWIESO NICHT!
MAMI, LUKAS HAT MIR DAS HANDY WEGGENOMMEN!

- Warte Laura, ich komme gleich!
  Okay, Walter, ich mische mich nicht mehr ein. Aber dann erledige du bitte deinen Job!
  Laura, Schätzelchen, ich komme! Wir sprechen jetzt mit deinem Bruder und gönnen deinem Vater noch ein halbes Stündchen mit Marie-Claire Zimmermann, bevor er sich mit Lukas an den Ersten Weltkrieg macht.

Biologie-KAMMERL

6

C:\Users\Walter\Dokumente\LukasSchule\TagebuchadMitteilungsheft
Sonntag, 17. 10.

Das hätte Bine so gepasst, dass ich mich an einem Freitagabend noch an den Ersten Weltkrieg mache! „Was du heute kannst besorgen, das verschiebe ruhig auf morgen – außer du arbeitest gern doppelt so viel wie die anderen." Mit diesem Motto bin ich bisher ganz gut gefahren. Und da Morgenstund bekanntlich Gold im Mund hat, habe ich mich auch nicht am Vollkornbrot verschluckt, als ich heute beim Frühstück von meinem Herrn Sohn wissen wollte, wie ein Test, der in der 3. Stunde gegeben wird, bereits in der 5. Stunde desselben Tages zurückgegeben werden kann. Einfache Erklärung: Die Frau Professorin verbessert ihn offenbar in einer ihrer Unterrichtsstunden, während der Teamteacher oder I-Lehrer oder wer auch immer den Unterricht hält. Das nenne ich bedingungslosen Einsatz: zwei Lehrer werden für dieselbe Unterrichtsstunde bezahlt, einer arbeitet und der zweite macht daneben das, was er eigentlich am Nachmittag machen sollte. Werde ich mich nächsten Donnerstag beim Direktor beschweren? Das werde ich nicht! Denn mit Steinen wirfst du nur, wenn du nicht im Glashaus sitzt. Und mit Lukas sitzt du im Glashaus.

► Stunde S 190

► I-Lehrer S 182

Neben Brot, Butter halbfett, Schinken fettarm noch auf dem Tisch – die Geschichte-Mappe.

„Welche Staaten kämpften im Ersten Weltkrieg gegeneinander?"

Lukas: „Österreich gegen Ungarn". Das mochte noch unter „dumm verwechselt" durchgehen. Aber drei Fragen später: „Nenne eine ethnische Minderheit in Österreich, deren Existenz auf die Zeit des Vielvölkerstaats Österreich-Ungarn zurückzuführen ist und gib an, wo sie heute noch zu finden ist!" Lukas Antwort: „Türken. Ottakringer Straße". Und weiter in der Tonart: „Wie hieß im Ersten Weltkrieg der Staatenbund, der den Mittelmächten gegenüberstand?" Zugegeben, phonetisch ist „Entente" nicht leicht zu packen, aber Lukas kurz und knapp: „Anton". Hier hat die Frau Professorin sogar einen Kommentar dazugeschrieben. „aus Tirol?"

Mein persönliches Highlight, nicht nur wegen der zu einem Drittel richtigen Antwort:

„Eine andere folgenschwere Niederlage Österreichs rund ein halbes Jahrhundert vor Ausbruch des Ersten Weltkriegs hat mittelbar zur Gründung einer humanitären Weltorganisation geführt.

a) Das war die Schlacht bei .... o

b) Es ist das .... z

c) Ihr Gründer hieß .... t"

Sohnemann: a) Alamo b) das Rote Kreuz c) Dupont.

Historiker wird Lukas also eines Tages auch nicht werden. Manager schon eher. Später am Vormittag dann Gespräch unter Männern, die Frauen beim Putzen des Aquariums.

- Wieso hast du eigentlich nichts gelernt? Ich meine: Nichts! Ehrlich jetzt.
- Ehrlich? Weil ich die Antworten im Handy abgespeichert hab. Das machen alle so. Aber dann hat mir ja der ..., die ... dann ist mir ja das Handy weggenommen worden.
- Ihr lernt ALLE nichts? Niko auch nicht?
- Die Zemann liest nur aus dem Buch vor und lässt uns im Buch unterstreichen. Und einmal ist Geschichte sogar erst in der 6. Stunde. Da kann sich keiner mehr konzentrieren. Stell dir das einmal vor: Nur unterstreichen – und das sollst du dann stur auswendig lernen.
- Du könntest es ja auch zu verstehen versuchen.
- Verstehen? Eine Jahreszahl? Wer wann wo eine Schlacht gewonnen hat?
- Und Niko?
- Was Niko. Ob der auch mit seinem Handy ...? Na klar, der genauso.
- Und eure Lehrerin sieht das nicht?
- Sie unterhält sich mit der Urbanek.
- Mit wem?
- Mit der I-Lehrerin. Immer wenn Test ist, stehen sie am Fenster und reden.
- Ihr seid eine Integrationsklasse? Wusste ich ja gar nicht.
- Vater!!!
- Warum sagst du das so komisch: Vater!!!
- Was weißt du eigentlich über mein Leben in der Scheißschule!?!

– Sag nicht Scheißschule.
Apropos. Sag, rauchst du?
– Rauchen? Nein, wieso?
– Nur so.
– Was heißt, nur so? Du musst doch einen Grund haben. Jetzt sag schon. Ist es, weil …
– Weil du in deinem Test Dupont geschrieben hast.
– Der vom Roten Kreuz? Was hat das mit Rauchen zu tun?
– Der hieß Dunant. Henry Dunant! Nicht Dupont. Dupont ist ein Feuerzeug.
– Aha.
– ---
– ---
– ---

1904
BIOLOGIE

- Wieso will hier eigentlich niemand wissen, wieso man mir das Handy weggenommen hat?
- Steht das nicht im Heft? Du hast ein Video machen wollen! Und die, die du aufnehmen wolltest, wollten nicht, dass du sie aufnimmst. Auch Jugendliche haben ein Recht auf Anony...
- Die, die ich aufnehmen wollte, waren unsere Professoren. Im Lehrerraucherkammerl!
- Noch ärger, wenn du deine Prof... Im WAS?
- Im Lehrerraucherkammerl. Uns erlauben sie es nicht, aber selber haben sie ein geheimes Raucherkammerl ...

► Raucherkammerl S 186

Mittlerweile kenne ich die ganze Geschichte. Auf der Tür steht: Biologie. Drinnen steht der Aschenbecher. In diesem Punkt glaube ich Lukas. Es wurmt sie alle, sagt er, seit Schulanfang. Er hat, sagt er, vorsichtig die Tür aufgemacht und hineingehalten. Es hätte, sagt er, bestimmt geklappt. Schon oft seien Schüler irrtümlich hineingeplatzt und wieder draußen gewesen, ohne dass jemand etwas bemerkt habe. Darum sei das geheime Raucherkammerl in der ganzen Schule ein offenes Geheimnis.

Aber diesmal kam der Feind von hinten. In Gestalt des Herrn Hofrat Doktordoktor.

- Was machst du denn da?
- Wieso? Das ... äh ... Skelett holen?
- Mit einem Fotoapparat?
- Das ist mein Handy.
- Jetzt nicht mehr.

Und weg ist es gewesen.

Walter Gruber
per Computerausdruck

Sehr geehrte Frau Professor Söllner,
Eine Frage betreffend den Fototermin am Dienstag und die Turnschuhe:
Lukas besitzt nur Sportschuhe. Nur im Sinne von ausschließlich. Denn gute Sportschuhe kosten, wie Sie wahrscheinlich wissen, heutzutage mehr als normale Straßenschuhe. Was mir recht wäre, wenn der hohe Preis das Übel der Kinderarbeit in Ländern wie Afghanistan und Nordkorea hintanhalten könnte. Sie wissen, wovon ich spreche. Aber tut er das? ☹
Jedenfalls zieht Lukas andere Schuhe als Sport- oder Turnschuhe nicht mehr an. Selbstverständlich befinden sich daher in seinem Schuhkasten auch Exemplare dieser Gattung, die man guten Gewissens als fototauglich bezeichnen kann. Dürfte er mit sauberen und gepflegten Sportschuhen auf das Klassenfoto?
Der Vorfall mit seinem Smart-Trottel (gruber-interne Diktion für Tipp- und Ziehmonster ☹ *aller Art) wird ihm eine Lehre sein. Behalten Sie das Ding ruhig bis Donnerstag in Verwahrung! Bei der Gelegenheit: Wobei genau wurde Lukas erwischt? Er hüllt sich darüber mir gegenüber hartnäckig in Schweigen.*
Wegen des Nasenpiercings habe ich inzwischen mit meinem Sohn gesprochen.
(Ich finde die Idee eines Football-Turniers großartig! Ich wusste bis jetzt nicht, dass Lukas in dieser Sportart Talent besitzt, aber ich unterstütze jede Art der sportlichen Betätigung natürlich sehr. Frau Sibera hat mich bis jetzt übrigens noch nicht kontaktiert, soll ich?)
mit freundlichem Gruß, Walter Gruber, Wien, am Sonntag, den 17. 10.

Reingard Söllner

Sehr geehrter Herr Gruber, *Montag, 18. Oktober*
Zur Frage der Turnschuhe darf ich Ihnen mitteilen, dass wir dabei einem Beschluss des Schulgemeinschaftsausschusses nachkommen. Eltern und Lehrer sind darin übereingekommen, gemeinsam für eine ansprechende Performance unserer Schüler zu sorgen, dazu gehört gefälliges Schuhwerk. Eventuell könnten wir Ersatzschuhe zur Verfügung stellen. Es wäre jedenfalls schade, wenn Lukas nicht auf dem Klassenbild wäre. Auch besteht wieder die Möglichkeit für Freundschaftsfotos, das heißt, dass sich jedes Kind mit ein oder zwei (oder auch mehr) speziellen Freunden fotografieren lassen kann, erfahrungsgemäß machen die Kinder gern davon Gebrauch.

► Schul-
gemeinschafts-
ausschuss (SGA)
S 187

Was das Handy betrifft: Wie ich in Erfahrung bringen konnte, wurde Lukas von unserem Herrn Direktor persönlich vor dem Biologie-Lehrmittelzimmer mit einem eingeschalteten Handy betreten. Laut Schulordnung müssen vormittags alle Handys ausgeschaltet sein. Manche Klassenvorstände lassen die Schüler ihre Handys in der Früh in die Spinde sperren. Jedenfalls ist es nicht zu tolerieren, dass ein Schüler im Schulhaus Videoaufnahmen macht und dann vielleicht auch noch ins Internet stellt. Ohne Ihrem Sohn diese Absicht unterstellen zu wollen, mussten doch unverzüglich Maßnahmen ergriffen werden. Wie gesagt, das Handy liegt im Direktionssekretariat.
Ich hoffe, Sie haben Lukas inzwischen auch wegen seiner fehlenden Hausübungen ins Gebet genommen. In Mathematik ist er schon wieder zwei Hausübungen hinten. Seine GZ-Blätter fehlen zur Hälfte.
Mag. Reingard Söllner
U:

Lukas 20.~~11~~.10. leider!
Mir fehlten in Deutsch die A-Blätter 16, 17 und 18a. Ich muss mein Wörterbuch im Unterricht dabeihaben. Bitte suchen!
U:

Lukas Die Fotos kommen in zirk~~er~~a zwei Wochen. Preis: Gruppenfoto: 6 Euro. Die g. Mappe 29 Euro, Passfotos, Fotos gr., kl., 18 Klebe., Freundschaftsfotos: zusätzlich 15 Euro
Die Fotos gibt es nur gegen
U:

... sozusagen von Frau zu Frau jetzt...
[hihi

7

C:\Users\Walter\Dokumente\LukasSchule\TagebuchadMitteilungsheft
Donnerstag, 21. 10.

Performance. Sie hat Performance geschrieben. Da hätte es bei mir klingeln müssen. Die Frau, die ich in meinem Kopf gehabt habe, hätte nicht Performance geschrieben. Wenn ich jetzt zurückdenke, kommt es mir vor, als hätte ich beim Drüberlesen sogar ein wenig gestutzt, aber es hat nicht geklingelt.

Also. Sprechstunde bei „Frau Professor Söllner". Ich klopfe, ich öffne die Tür, ich bin auf eine mittelalterliche Schreckschraube vorbereitet, die hinter einem vormittelalterlichen Schreibtisch mit gezückter Füllfeder auf den Vater eines, nun ja, in einigen Belangen problematischen Schülers wartet, und dann mache ich Bekanntschaft mit dieser Frau. Lehnt, als ich das Zimmer betrete, lässig an der Wand und reißt sich – pffft – gerade eine Red-Bull-Dose auf. Ups!, sagt sie und lächelt mich über den Rand ihrer Brille hin an. Ups!, ohne ihre Stellung zu verändern, Ups!, ohne von der Wand wegzugehen, an der sie lehnt. Und dann prostet sie mir freundlich zu. „Glücklich der Mann einer Frau mit Brille, denn er hat zwei Frauen", sagt ein russisches Sprichwort, habe ich bei Jewtuschenko gelesen. Die Söllner ist definitiv zwei solche Frauen – die eine aus dem Mitteilungsheft und die, die ich heute in Lukas' Schule kennengelernt habe.

- Ups!
- Entschuldigung, ich suche …
- Herr Gruber?
- Ja.
- Söllner, freut mich. Ich komme gerade aus dem Unterricht, ich habe einen total trockenen Hals. Es stört Sie hoffentlich nicht, wenn ich schnell noch …

An dieser Stelle prostet sie mir zu.

- Möchten Sie auch etwas? Red Bull leider aus. Aber vielleicht möchten Sie einen Kaffee? Oder Wasser?

Ich im blauen Sakko. Sie im … keine Ahnung. War es ein Rolli? Ich glaube, oben war es ein schwarzer Rolli. Unten war es ein Rock, knielang, auch schwarz, ein ja, ein schwarzer, knielanger Rock. Blond gefärbte Haare.

Schwarze Brille. Ich habe die Frau noch nie zuvor gesehen – und doch war sie mir vertraut wie eine alte, nein, eben nicht wie eine alte, Freundin.

– Kaffee. Gern.
Kann es sein, dass ich Sie … dass wir uns schon einmal …

– Getroffen haben? Meinen Sie, in der Schule? Das wohl bisher eher nicht.

An dieser Stelle hat sie mich über den Rand ihrer Brille hin noch einmal angelächelt. Dann zwei schnelle Schritte, und schon stand sie bei der kleinen Teeküche.

– Zucker? Milch?

– Nein, schwarz. Und ohne Zucker, bitte.

Es ist ein gutes und konstruktives Gespräch geworden, ein zwar kurzes, aber dafür erbauliches Gespräch. Wenn man vom Inhalt absieht. Auf den Punkt gebracht: Lukas lernt nichts. Lukas macht keine Hausübungen. ► Hausübungen S 181
Lukas drohen im Semesterzeugnis, wenn er das Steuer nicht herumreißt, „Nicht genügend" in mindestens drei, wahrscheinlich aber fünf Fächern. ► Fächer S 179
Deswegen hat sie Sabine vor ein paar Wochen zu sich gebeten. Frühfrühfrühwarnung sozusagen. Aber Sabine voll auf Konfrontationskurs. Sogar jetzt noch:

– Und dass du dir morgen von der ja nichts gefallen lässt.

– Du meinst, ich soll zuerst zuschlagen.

– Sehr witzig.

– Dann weiß ich nicht, was du meinst.

– Okay, du weißt nicht, was ich meine, aber du weißt, dass es die Söllner auf Lukas abgesehen hat, das war von Anfang an so, und …

– Am Anfang hast du von ihr geschwärmt, wenn ich mich richtig erinnere. Endlich eine, die sich auskennt. Endlich eine, die sagt, was Sache ist, endlich eine, die mit einem redet wie mit einer Erwachsenen.

– Nur im Vergleich zu dieser Volksschultussi. Da hast du immer das Gefühl gehabt, die hält dich für die achtjährige Schwester ihrer siebenjährigen Schülerin. Lernen die eigentlich dieses Piepsen in eigenen Kursen? Gehört das zur Ausbildung: Rechnen, Lesen, Piepsen?

– Lenk jetzt nicht ab. Du weißt genau, dass das schlechte Verhältnis

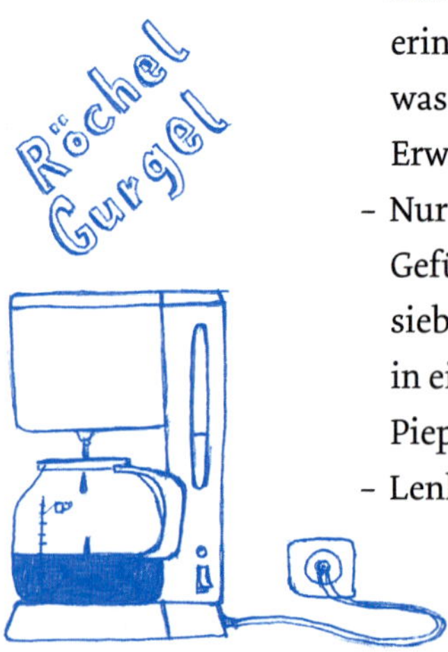

zwischen euch beiden schon auch ein bisschen an euch beiden liegt. Und …

– Was h…
– … und ganz entscheidend natürlich an Lukas.
– An Lukas liegt das leider auch nicht, jedenfalls nicht prim…
– Wie schaut diese Söllner eigentlich aus?
– Wie sie ausschaut? Du hast sie doch schon gesehen. Erinnere dich an das Schulabschlussfest letztes Jahr. Das war die, die …
– Bine! Da habe ich auf Lauras Abschlussfest Würstel ausgeteilt. Geregnet hat es und ich habe Würstel ausgeteilt. Und ich habe einen ganzen Nachmittag lang nur drei verschiedene Worte gesprochen: Senf. Oder. Ketchup.
– ---
– Du weißt echt nicht, wie die Söllner ausschaut?
– Meine Güte, wie soll sie schon ausschauen. Normal schaut sie aus. Wie eine normale Frau eben ausschaut.
– Normal wie Angela Merkel oder normal wie Angelina Jolie?
– Normal wie eine Lehrerin halt. Kurze Haare, Brille, Halstuch, Abverkauf.

Das ist leider eine von Bines schlechteren Eigenschaften – sie ist stutenbissig. Wenn sie heute Abend kommt, werde ich ihr Bild von Frau Söllner wohl oder übel ein wenig korrigieren müssen. „Bine", werde ich sage, „ich habe den Eindruck, es geht dieser Lehrerin wirklich um Lukas. Lukas ist das, was man einen schlechten Schüler nennt, schlecht im Sinn von schlecht beim Lernen, schlecht beim Hausaufgabenmachen und schlecht in den Noten. Und er benimmt sich schlecht, präziser: wenn er einmal psychisch anwesend genug ist, um sich schlecht benehmen zu können. Dann provoziert er für ein paar Lacher aus den billigen Reihen seine Lehrerinnen und macht den Klassenclown, siehe Handyverbot. Außerdem ist er unorganisiert, eine Eigenschaft, die er von mir jedenfalls nicht hat. Sein Spind ist ein Saustall. Sein Bankfach ist ein Saustall. Auf seinem Pult sieht es aus wie in einem Saustall. Ich habe es, Bine", werde ich sagen, „mit eigenen Augen gesehen."

► Noten S 186

Nachdem ich mich mit der gefürchteten Frau Professor Söllner auf Anhieb verstanden hatte:

- Zucker? Milch?
- Nein, schwarz. Und ohne Zucker, bitte.
  Die 3A hat jetzt Turnen. Wenn Sie möchten, kann ich Sie anschließend kurz noch zu seinem Arbeitsplatz führen, damit Sie sich selber ein Bild machen können. Ich muss dann leider zurück. Ich habe heute noch zwei ...
- Mütter, ich weiß.

Drittes Lächeln.

- Das habe ich natürlich nicht so gemeint. Ich hoffe, ich habe Sie damit nicht beleidigt.
- Ich bitte Sie.
  Aber apropos Turnen. Eine ehrliche Frage, also Ant..., also Sache, sozusagen von Frau zu Frau jetzt ...

An dieser Stelle habe ich herzlich aufgelacht, sie hat mich über den Rand ihrer Brille hin still angelächelt.

- Ist Lukas körperlich ... ich meine, ist er sportlich denn wirklich in so guter Verfassung, dass er tatsächlich als Quaterback ... oder einen Homerun ...

Keine Reaktion.

- Ich spiele da auf Ihre Eintragung im Mitteilungsheft an. Die Sache mit dem Nasenpierc...
- Ah, jetzt verstehe ich Sie! Hat sich die Kollegin Sibera schon bei Ihnen gemeldet? Weil ... weil ...
- Weil?
- Weil da gibt es ein Missverständnis. Lukas ist nicht für die, wie soll ich sagen ..., Kampfmannschaft vorgesehen. Dafür bringt er, da gebe ich Ihnen Recht, körperlich nicht die nötigen Voraussetzungen mit. Er soll nicht als Spieler an dem Turnier teilnehmen.
- Sondern?
- Sondern als Cheerleader.

Kein Lachen von keiner Seite.

- Er ist natürlich nicht der einzige. Wir haben in der 3A nicht genug Mädchen. Und da hat sich Frau Professor Sibera gedacht, man könnte ein paar der Buben dafür begeistern, die Cheerleader-

Truppe zu verstärken. In Amerika ist Cheerleadern ja der DER Trend. Leider gibt es bei den Proben natürlich viel Körperkon...

– In den USA.

– Wie?

– Nichts, nichts.

– ... viel Körperkontakt. Tja, und Lukas weigert sich hartnäckig, für die Proben sein Nasenpiercing abzustecken.

– DER Trend? Ehrlich?

– Sagt jedenfalls Frau Professor Sibera. (Lachen) Und ihr müssen wir glauben. Sie ist die Turnerin. Sie war früher Profisportlerin. Tennis, glaube ich, oder Tischtennis. (Halblautes Auflachen) Was Sport betrifft, halte ich es mehr mit Churchill.

– No Sports.

– Richtig.

Lachen von beiden Seiten.

– Ich ehrlich gestanden auch. Sport ist Mord, wenn Sie mich fragen. Irgendwann hat sie mir ohne viele Worte Lukas' Smart-Trottel zugesteckt. Und ich habe ihn ohne viele Worte genommen. Und dann hat sie mich ohne viele Worte in Lukas' Klasse geführt. Zum Kuckuck, habe ich mir gedacht, das muss genau die Klasse sein, die ich vor fast 30 Jahren als Maturant verlassen habe. Sogar den Tafelschwamm, mit dem der Karli immer auf jeden Lehrer geschossen hat, der ihm den Rücken zuwandte, haben sie unter dem hölzernen Lehrertisch liegen gelassen.

Shadows
GREY

8

C:\Users\Walter\Dokumente\LukasSchule\TagebuchadMitteilungsheft
Samstag, 23. 10.

Gestern wieder einmal Bettgespräch zum Thema.

– Du weißt aber schon, dass das eine ziemlich aufgeschlossene Frau ist.

– Die Söllner? Aufgeschlossen? Du meinst, weil sie deinen Hang zur Unsportlichkeit teilt?

– Warum zielst du schon wieder unter die Gürtellinie?

– Entschuldige, das war gemein. Ich nehm's zurück. Also warum ist sie aufgeschlossen?

– Ihr geht es wirklich um Lukas. Ich meine, um das Kind. Um den Schülcr.

– Das ist ihr Job, würde ich sagen.

– Aber das ist nicht selbstverständlich. Viele Lehrer unterrichten immer noch Gegenstände, nicht Kinder.

► Lehrer S 183

– Lehrerinnen.

– Ja, Lehrerinnen von mir aus. Ich meine, sie ist gar nicht so, wie ich geglaubt habe, dass sie ist, nachdem ich sie bis jetzt nur durch deine Brille gesehen habe. Du solltest ihr eine zweite Chance geben. Sie ist … ich meine, so übel ist sie gar nicht.

– Wawa! Bitte! Hör mir auf! Was weißt du über diese Frau! Sie behandelt einen von oben herab. Sie ist rechthaberisch. Sie verwendet Worte wie …

– Wie „hör mir auf"? Dieses „mir", Bine, das du neuerdings verwendest … hörst du dir eigentlich manchmal beim Reden zu? Solltest du nämlich. Wenn du sagen würdest: „Hör auf", okay. Aber „hör mir auf". Das nenne ich von oben herab.

– ---

– ---

– Wawa! Sie legt es darauf an, Lukas sitzenbleiben zu lassen. Glaub mir. Du wirst sehen. Sie verwendet Formulierungen wie „den Ernst der Lage klarmachen" und „hiermit festhalten". Sie will, dass Eltern bei ihr erscheinen. Erscheinen, Wawa! Sie ist eine typische Lehrerin aus Großvaters Zeit mit dem für Lehrerinnen aus Großvaters Zeit typischen Vokabular. Und jetzt hat sie es plötzlich mit Kindern mit Nasenpiercings und Google-Apps zu tun. Da gibt es Kollateralschäden, Wawa, das ist ein Krieg der Generationen.

– Mit genau *einem* Kind mit Nasenpiercing hat sie es zu tun, und dabei handelt es sich leider um unser Kind.

Bine. Auch wenn du es nicht hören willst: Die Söllner ist eine freundliche, gut aus… also auf… aufgeschlossene Frau, ich habe sie kennengelernt. Mir gegenüber hat sie nicht Großvaters Vokabular verwendet. Sie sagt zum Beispiel Performance. Sie ist …

– Weil sie Performance sagt? Um Gottes Willen! Das meinst du jetzt aber nicht ernst!

– Fuck! Sabine! Nicht weil sie Perf…

– ICH HAB'S GEHÖRT, PAPI, DU HAST FUCK GESAGT!

– ICH HAB'S AUCH GEHÖRT. 5 EURO!

– Okay, 5 Euro. Und ihr sollt schlafen und nicht zuhören, wenn wir miteinander diskutieren.

– Ihr diskutiert nicht, ihr streitet schon wieder.

– Siehst du, die Kinder hören uns wieder einmal nur streiten. Eine super Kindheit, die du unseren Kindern in letzter Zeit bietest.

– ---

– ---

– Von mir aus müssen wir nicht streiten. Schon gar nicht im Bett.

– ---

– Wir könnten auch ruhig wieder einmal ein bisschen … lieb sein.

– Du meinst … lieb?

KINDER, LICHT AUS. ZEIT FÜR SCHLAFEN!

Womit wir den Schnitt unserer sexuellen Aktivitäten überraschend und radikal auf drei Mal hinaufgeschraubt haben. Auf drei Mal im Jahr ☺. Heute früh naturgemäß alles ziemlich entspannt. Die Kinder schlafen ein wenig länger. Ich höre ein wenig länger Ö1. Bine schlüpft in ihren Morgenmantel. Ich:

– Binchen, gehst du schon in die Küche?

– Ja, ich brauch einen Kaffee.

- Kannst du mir bitte auch einen machen, wenn du eh schon dort bist? Schwarz, ohne Zucker.

Fünf Minuten später.

- Hier, Schatz!
  Seit wann trinkst du ihn ohne Zucker und Milch?
- Seit … immer schon … in letzter Zeit.

Mitteilungsheft

Lukas 4. 11.

Die Klassenfotos kosten ~~mir € 34~~ 89 Euro. Ich muss sie aber nicht nehmen, wenn ich nicht will. Dann wieder im Originalkuwer zurückgeben.

Lukas 5.11.

Spanisch-Schularbeit am 24. November

Es kommt Buch S. 11 bis S. 42

a) ser – estar; hay que; tener que;

b) con algo hay que empezar (Jaime y Joana en el Café Sacher)

c) los tiempos, la hora

d) mi casa (50 palabras)

e) aquí, allí, donde – a donde – de donde, como

f) numeros de 0 a un mil.

Wenn d. Prof. Frau Guiterrez noch nicht da ist, ist die Schularbeit bei Frau Sibera.

U:

Reingard Söllner *Sehr geehrter Herr Gruber,* *Freitag, 5. November*

teilen Sie mir bitte verbindlich bis Anfang nächster Woche mit, ob Sie die Fotomappe nehmen möchten. Da Lukas, wie Sie sehen können, von seinem Recht auf Freundschaftsfotos großzügig Gebrauch gemacht hat, wären insgesamt 89 Euro zu bezahlen. Wenn Sie die Fotos nicht möchten, bitte ich Sie, Lukas die Mappe vollständig wieder zurückzugeben.

Gilt noch Ihr freundliches Angebot, mich mit der Klasse auf den Lehrausgang in den Zoo zu begleiten, falls sich keine zweite Lehrkraft findet? Falls ja, möchte

ich Sie nun darüber informieren, dass es am kommenden Mittwoch so weit wäre. Treffpunkt um 14.30 Uhr vor der Schule. Denken Sie an Regenschutz. Es ist Schlechtwetter angesagt. Wir gehen bei jedem Wetter.
Mit freundlichem Gruß
Mag. Reingard Söllner
U:

Walter Gruber
per Computerausdruck

Liebe Frau Söllner,
Ich bin diesmal wieder frei von Schuld. Lukas hat mir das Mitteilungsheft die letzten Tage vorenthalten. Am Samstag ist es dann auf wundersame Weise auf seinem Schreibtisch gelegen. Keine Sorge – wir haben Tacheles mit ihm geredet.
Die Sache mit den Fotos ist insofern kompliziert, als ich bis jetzt keine Fotos gesehen habe. Lukas behauptet, seine Mappe nicht bekommen zu haben.
Vielleicht lässt sich das ja am Mittwoch im persönlichen Gespräch klären.
Selbstverständlich begleiche ich die angefallenen Kosten im vollen Umfang.
Völlig von den Socken bin ich über den Eintrag bezüglich einer Spanisch-Schularbeit! Offen gestanden wusste ich bis gestern Abend nicht, dass mein Kind Spanisch überhaupt hat!
Die Spanisch-Professorin, wie ich der obigen Eintragung entnehme, eine Frau Prof. Gutierrez, ist bis jetzt nicht ein einziges Mal mit mir in Kontakt getreten.
Lukas behauptet sogar, sie heuer noch gar nicht gehabt zu haben. Stimmt das?
Umso mehr verblüfft mich die Ankündigung einer Schularbeit mit wie mir scheint doch sehr umfangreichem Stoff.
Die Mutter eines anderen Schülers hat uns beiläufig wissen lassen, dass sie nicht bereit ist, unter diesen Umständen Zensuren zu akzeptieren. Das ist selbstverständlich nicht mein Standpunkt, ich wollte Sie lediglich auf dem Laufenden halten und Ihre Meinung dazu einholen.
Regen kein Problem!
mit freundlichem Gruß, Walter Gruber, Wien, Sonntag, den 7. 11.

Lukas 9. 11.
Morgen Lehrausgang in den Tiergarten Schönbrunn. Abfahrt: 14.45 von der Schule. Rückkehr: ~~18 U~~ 6 p.m. Die Kinder werden vor der Schule entlassen.
Mitnehmen: Rucksack mit Schreibzeug, Block, ~~Jause oder~~ Taschengeld, mindestens ~~5~~ 10 Euro. Regenschutz oder Regenschirm.
~~Lukas V~~ Mein Vater wird uns begleiten.

Walter Gruber *U: Walter Gruber*
PS: Die Viertelstunde Vorlaufzeit auf die Schüler bekomme ich vermutlich, weil ich die Uhr noch nicht so gut kann, nicht wahr?

Reingard Söllner *Sehr geehrter Herr Gruber!* *Dienstag, 9. November*
Bezüglich Spanisch reden wir während des Lehrausgangs, einverstanden?
Selbstverständlich können Sie punktgenau kommen. Es werden am Mittwoch wahrscheinlich nicht mehr als 20 Kinder sein.
Bis morgen
mfG
Mag. Reingard Söllner

Reingard Söllner *10.11.*
Lukas hat auf den Physiktest ein~~en~~ ... plus Vier ... bekommen.
Mag. Reingard Söllner
U:

Walter Gruber *Immerhin ☺ mit lieben Gruß*
Walter Gruber

11 h Fischküche

9

C:\Users\Walter\Dokumente\LukasSchule\TagebuchadMitteilungsheft
Mittwoch, 10. 11.

Sie hat diesen Niko wirklich geohrfeigt! Mein lieber Schwede! Das hätte eine gute Drehbuchszene abgegeben:
Pinguinhaus im Herbstnebel. Der Lehrausgang einer Klasse pubertierender Schüler ist fast vorbei. Die hübsche, blond gemeschte Fraufessor, ganz in Schwarz gehalten, und Papa Gruber, modisches, hellblaues T-Shirt unter dunkelblauem Jeans-Sakko, den Mantel lässig über den Arm geworfen, drängen die Kinder sanft nach draußen, wo der Guide, den der Tiergarten abgestellt hat, bereits etwas genervt auf sie wartet. Die „Fischküche" ist noch auf dem Programm. Die Kinder sammeln sich ausgelassen lärmend um den Guide, nur Niko und Patrick drehen sich geschickt aus der Gruppe und sind mit zwei, drei schnellen Schritten wieder an der Glaswand. Sie lachen laut, klopfen an die Scheibe, offensichtlich, um die Pinguine zu ärgern. Da dreht sich die Lehrerin im Ausgang noch einmal um. Sie sieht, wie Niko einen Kaugummi an die Glaswand zu heften versucht. Er bleibt nicht kleben, fällt zu Boden.

- Niko, hab ich dir vorhin nicht gesagt, du sollst deinen Kaugummi ausspucken?
- Was is? Hab ich eh.
- Und wieso hast du dann schon wieder einen?
- Ich hab keinen Kaugummi. Schauen Sie selber!

Reißt demonstrativ den Mund auf und steigt gleichzeitig mit seinem sündteuren Schuh (€ 349,90) auf den am Boden liegenden Kaugummi, dabei blickt er die Lehrerin herausfordernd an. Die nimmt den Blick auf, geht wütend auf Niko zu, schiebt seinen Fuß mit ihrem Fuß zur Seite (Marke: Billiger € 29,90) und legt dabei das Corpus delicti frei.

- Und das da ist …?
- Das da ist … ein Kaugummi, aber nicht meiner.
- Aha, also nicht deiner.
- Sie können ja kosten.
- ---

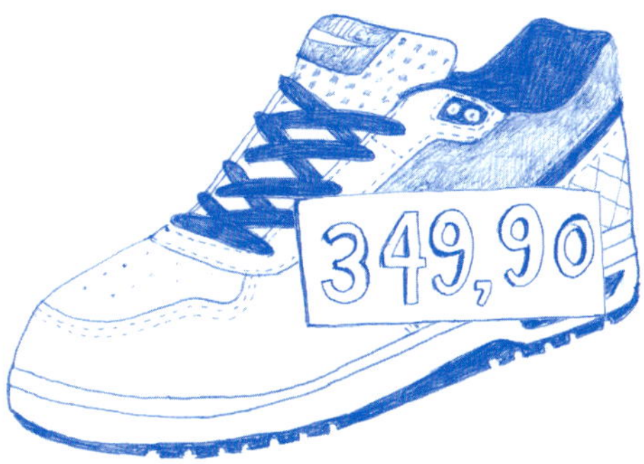

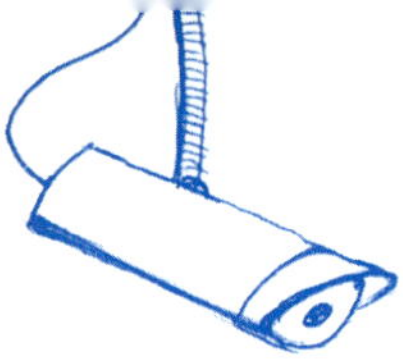

Beide Kinder grinsen. Patrick macht im Hintergrund eine obszöne Handbewegung, die die Lehrerin beinahe sieht, als sie sich umdreht. Patricks Gesicht gefriert, er zieht Leine. Dafür tritt Papa Gruber wieder in den Raum, er will sehen, wo die Lehrerin bleibt. Die wendet sich gerade wieder Niko zu:

– Sag das noch einmal!

– ---

– ---

– Sie können ihn ja kosten, ob er nach mir schmeckt, wenn Sie mir nicht glauben.

Und im nächsten Moment: Klatsch!
Nicht wirklich fest, aber doch: klatsch! Geistesgegenwärtig ist Papa Gruber zur Stelle, der den Vorfall als einziger der Gruppe mitbekommen hat. Tapfer baut er sich vor Niko auf, den er an Größe kaum überragt.

– Ich denke, es ist besser, du gehst jetzt hinaus, bevor die Frau Professor wütend wird.

Er betont das Wort „bevor". Niko geht ab. Die hübsche, blond gemeschte Lehrerin errötet. Kurzer, aber bedeutungstiefer Blickwechsel mit Papa Gruber. Dann folgt sie dem Kind.

– Niko ...!

hört er sie zischen.

– ... Das wird Konsequenzen haben. Du kannst von Glück sagen, dass ich mich da drin jetzt nicht vergessen habe. Und wenn du mir heute noch ein Mal unangenehm auffällst, lass ich dich von deiner Mutter gleich hier abholen. Die wird sich bestimmt freuen.

Und im selben Atemzug Gesicht runter, neues Gesicht rauf.

– So. Jetzt noch zur Futterbereitung. Und danach gibt es für jeden eine Pizzaschnitte. Zahlt der Elternverein. Aber hopp hopp, sonst sind wir nicht rechtzeitig zurück.

Später, auf dem Heimweg mit Lukas in der Straßenbahn:

– Sag, Sohn, ist dein Freund Niko immer so?

– Du meinst, dass er manchmal nicht aufpasst?

– Ich meine, dass er ein unsympathisches, präpotentes kleines Arschloch ist.

– ---

– ---

– Du sagst immer, du weißt eh, dass Kinder in diesem Alter so sein können.

– Du! Ich weiß, dass du in deinem Alter so sein kannst. Also manchmal so bist. Und du bist definitiv nicht so wie dieser Niko. Oder bist du, wenn deine Eltern nicht dabei sind, auch so?

– ---

– Und dieser Niko ist wirklich dein Freund? Ich meine, warum ist der dein Freund?

– Er ist irgendwie der Coolste in der Klasse. Der coolste und auch der Beste.

– In was der Beste?

– In alles.

– Das heißt in allem.
Wo genau in allem?

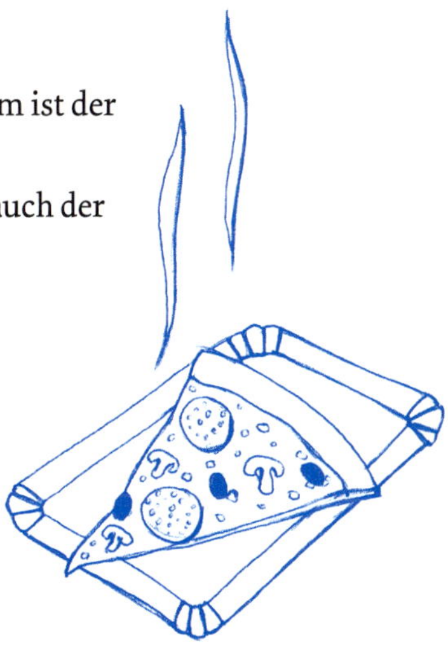

– Mathe und GZ. Englisch. Deutsch. Er kann alles, wenn er will. Er braucht es gar nicht lernen. Er kann es auch so. Wenn er will, macht er überall nur Einser. Manchmal macht er aber auch absichtlich Fünfer. Vor allem bei der Söllner. Er hasst sie. Er hat einmal gesagt, sie erinnert ihn an seine Mutter. Und die hasst er auch.
– Er hasst seine Mutter?
– Sie ist nie da. Und wenn sie da ist, will sie nur wissen, welche Noten er hat. Sie weiß gar nichts von ihm. Einmal war ich bei ihm Playst… lernen, da ist sie nach Hause gekommen und hat ihn gleich angebrüllt, warum er zu Hause ist und nicht in Gitarre.

> – Weil ich Gitarre heute nicht habe?
> – Seit wann hast du keine Gitarre mehr? Was bezahle ich denn dann jeden Monat?
> – Nicht nicht. Nur heute nicht!
> – Seit wann hast du mittwochs keine Gitarre?
> – Seit einem halben Jahr? Du hast es unterschrieben. Nachdem du es zwei Wochen lang nicht unterschrieben hattest und mir der Typ die Tür schon nicht mehr aufgemacht hat.
> – Sag nicht Typ, das ist dein Gitarrelehrer. Und ein ausgezeichneter Musiker, der …

usw., blabla. Sie weiß echt gar nichts von ihm. Eigentlich will er ja bei seinem Vater wohnen.
– Haut sie ihn?
– Wie, hauen?
– Na schlagen. Ohrfeigen. Mit der flachen Hand. Mit der Faust. Mit dem Schlagring. Hauen eben. So wie wir euch hauen, Mami und ich.
– Sehr witzig … Ich glaub nicht, dass sie ihn haut.
– Und eure Lehrerinnen?
– Wie – unsere Lehrerinnen?
– Schlagen sie euch manchmal? Ein Klaps. Eine Ohrfeige. So was eben.
– Soll das ein Witz sein?
– Nein, echt. Ich meine, wie bestrafen sie euch, wenn ihr einmal total, also wenn sich einer von euch einmal … du weißt schon. ► Strafe S 189

– Sie schreien. Und manche spucken beim Schreien.
– Das ist alles?
– Sie lassen uns die Hausordnung schreiben.
– Die Hausordnung.
– Ja, voll unnötig. Weil das schreibst du, ohne zu denken, und w…
– Und sonst nichts?
– Sie lassen uns nachsitzen. Aber es heißt nicht nachsitzen. Weil nachsitzen lassen dürfen sie nicht.

– Aber du hast doch oft genug den halben Nachmittag in der Schule nachsitzen müssen.
– Das ist Nachholen.
– Wie, Nachholen?
– Den Stoff.
– Und dann lernt jemand mit euch?
– Nein, wir sitzen auf dem Gang vor der Direktion und …
– … und ihr lernt dort?
– Nein, wir sitzen nach.
– ---
– ---
– Und echt nie eine Ohrfeige? Nicht einmal ein Klaps?
– Der Hofrat Weiser greift einen manchmal fest an, wenn er sich ärgert, aber der streichelt auch.
– Der tut was? Streicheln?
– Ja, aber nicht, wie du denkst. Nicht nur die Mädchen. Die Buben genauso. Der ist halt ein Greifer. Er klopft dir auf die Schulter, wenn er sich freut, manchmal streichelt er dir über den Kopf, aber manchmal gibt er dir auch einen Stoß. Auch fester. Aber er meint es normal.
– Ich denke, der ist euer Direktor. Was hat der in eurer Klasse zu tun? ► Direktor S 178
– Er suppliert bei uns.
– ---
– ---
– Sagt man das immer noch so: supplieren?
– Klar, wie sonst?
Supplierstunden sind total cool. Die meisten Lehrer trinken Kaffee und lesen die Zeitung, manche verbessern Hefte. Der Hofrat Weiser macht immer soziales Lernen.
– Soziales Lernen?
– Reden halt.
– Reden?
– Er redet über Freundschaft und über das Weltall.
– Das Weltall?
– Er sagt, wir sollen uns vorstellen, wir wären Flachweser, die einen

Ball entlangkriechen, immer rund um den Ball. Wir würden glauben, wir gingen eine unendliche Strecke entlang. Wir würden glauben, wir machen Fortschritte, aber in Wirklichkeit gehen wir im Kreis.

– ---

– Er sagt, es ist überall so.

– Wie, so?

– Dass wir in Wirklichkeit nichts richtig sehen können.

– ---

– Weil wir gar nicht können. Verstehst du?

– Und das interessiert euch? Ich meine, ihr passt auf, wenn er von diesen ... Flachwesern redet?

– Manche passen auf. Dann freut er sich und klopft ihnen auf die Schulter oder er streicht dir über den Kopf, wenn du eine kluge Frage stellst.
Die Sibera greift die Kinder auch an. Zum Beispiel am Reck. Oder beim Bockspringen. Darum will sie keiner in Turnen.

– Sichern nennt man das.

– Sie sichert nicht, sie grapscht. Vor allem die Mädchen. Sie sagt das auch immer so komisch: meine Mädchen. Sie ist lesbisch.

– Sie ist was?

– Lesbisch.

– Weil sie „meine Mädchen" sagt?

– Sie sagt nie „meine Buben". Sie sagt immer nur „meine Mädchen". Das ist eindeutig lesbisch.

– Okay, davon ... reden wir später. Die Nächste steigen wir sowieso aus. Also die Übernächste.

Eben hat Bine angerufen. Oder besser: gesmst. Vor Mitternacht nicht zu Hause. Bravo! Das nennt man Beziehungspflege!

Die heutige Tagesbilanz für die digitale Blackbox:

a) Die Lehrerin Reingard Söllner ohrfeigt während eines Ausflugs in den Tiergarten Schönbrunn vor den Augen Dutzender Pinguine den unsympathischen, aber offenbar genialen Schüler Niko Soundso, Nachnamen vergessen.
b) Die anderen Kinder kriegen davon gar nichts mit.

c) Niko Soundso verschweigt den Vorfall fürs Erste. Offenbar fürchtet er sich vor seiner Mutter, die er übrigens hasst. (Und mit den beiden wollte Lukas im Sommer nach Sri Lanka fahren?)
d) Du kriegst alles mit, schweigst aber auch. Du hältst im Grunde zu der Lehrerin, obwohl sie etwas getan hat, wozu sie eigentlich nicht berechtigt ist. Hätte sie deinen Sohn geohrfeigt, hättest du von der Schulbehörde ein Disziplinarverfahren verlangt. Aber dein Sohn fordert seine Lehrerin schließlich auch nicht dazu auf, seinen ausgespuckten Kaugummi zu kauen.
e) Du erfährst von deinem Sohn, dass der Direktor in seinen Supplierstunden von Flachwesern spricht und dies „soziales Lernen" nennt.
f) Dafür hält die Klasse ihre Turnlehrerin für lesbisch, weil sie „meine Mädchen" sagt und nie „meine Buben". Beim nächsten Elternabend werde ich Aufklärungsunterricht einfordern.

Na, gute Nacht.

Mitteilungsheft

Walter Gruber *Liebe Frau Söllner,*
Ich habe nachgeschaut, Sie haben Recht gehabt: Felsenpinguine brüten ausschließlich auf Inseln am Rande der Antarktis. Ich weiß nicht, wieso ich gestern der Meinung war, in Patagonien gäbe es Kolonien (ev. mit Tasmanien verwechselt, aber auch dort sind es nur Zwergpinguine).
Was diesen ... Vorfall betrifft, Sie wissen, wovon ich spreche: Ich hätte bestimmt nicht anders gehandelt! Und Sie haben die Situation souverän im Griff gehabt, wollte ich nur gesagt haben.
mit liebem Gruß, Walter Gruber, Wien, 10. 11.
PS: Was machen Sie eigentlich mit meinen Mitteilungen, nachdem Sie sie gelesen haben? Kommen sie in den Schülerbeschreibungsbogen meines Sohnes? Als erschwerende Umstände? ☺

Reingard Söllner *Sehr geehrter Herr Gruber!* *Donnerstag , 11. November*

Danke für die interessanten Details zu den Pinguinen. Den Kindern hat der Lehrausgang großen Spaß gemacht.

Mit freundlichem Gruß

Walter Gruber *Mag. Reingard Söllner*

U: Gern! Walter Gruber

Gerlinde Zemann *Sehr geehrte Fam. Gruber,*

bitte kontrollieren Sie bei Gelegenheit die Arbeitsblätter-Mappe Ihres Sohnes.

Aktuell fehlen ihm die A-Blätter Nr. 17 bis Nr. 21.

Auf die Leseüberprüfung, „Die Busfahrerin", hat er ein „Gut" bekommen.

Prof. Gerlinde Zemann

Walter Gruber *U: Danke, endlich eine gute Nachricht!*

mfG, Walter Gruber

Lukas 11. 11.

Morgen ist ab 15 Uhr Spanisch. Der Unterricht endet um 16.50 Uhr.

Den Spanisch-Unterricht wird in nächster Zeit Frau Prof Siebera halten.

Walter Gruber *U: Walter Gruber*

Lukas ~~Morgen ist ab~~

Ulrike Sibera *Sehr geehrte Frau Gruber,*

bitte veranlassen Sie Lukas, dass er Ihnen bei nächster Gelegenheit die Turnsachen zum Waschen nach Hause mitgibt! Wenn ich es ihn sage, stellt er sich taub.

Eventuell geben Sie ihn schon morgen eine zweite Garnitur mit (kurze Turnhose).

Und reden Sie bitte mit ihn wegen den Piercing. Bei mir stellt er sich leider taub.

Dank für Ihr Bemühen

Ulrike Sibera

facebook
169 Personen gefällt das
12
12 mal geteilt
29 Personen reden darüber
Status
Wie fühlst du dich, Lukas?
Klopf an, wenn du reinkommst!

10

C:\Users\Walter\Dokumente\LukasSchule\TagebuchadMitteilungsheft
Donnerstag, 11. 11. (aber zum Glück nicht mehr lang)

Sabine brauche ich von Lukas' Schulleben offenbar nichts mehr zu erzählen. Nicht einmal dann, wenn sie, surprise, surprise, einmal vor den Nachrichten zu Hause ist. Gestern nach längerer Zeit wieder ein Versuch – Rohrkrepierer. Gut, die Situation war suboptimal. Ich auf dem Sofa bereits einigermaßen entspannt (Lukas' Mitteilungsheft physisch vorhanden, vier Eintragungen und keine davon negativ, wenn man davon absieht, dass mein Sohn beim Turnen offenbar stinkt und mich seine Lehrerin für eine Frau hält), die Kinder brav (oder zumindest lautlos) in ihren Zimmern. Sabine ums Eck am Heimtrainer. Dazwischen zwei halbgeöffnete Türen.

– Bine?
– ---
– Kannst du mich hören?
– Wieso ---- soll ---- ich dich nicht ---- hören können? Natürlich kann ---- ich dich hören.
– Du hättest ja auch die Stöpsel im Ohr haben können.
– Was?
– Du hättest ja auch die Stöpsel im Ohr haben können.
– ---
– Wenn ich schreien muss, reden wir lieber später.
– Später geht nicht, ich muss noch ein paar Zeichnungen anschauen, also jetzt.
– Dann frag mich einmal, wie's heute war!
– Wie ---- was ---- war?
– Ich war doch heute mit Lukas' Klasse in Schönbrunn.
– Wo ---- sagst du?
– in Schönbru-hun.
– Ach ja! ---- hätt ich ---- fast vergessen.
– Du hast es vergessen.
– Was?
– Nichts. Aber frag mich halt jetzt, wie's da war.
– Und ---- wie ---- war's da?

– Schon ein Wahnsinn!
– Mit ---- Lukas?
– Nein, nein, mit dem war's ganz okay.
– Super dann!
– ---
– ---
– Naja. In Spanisch läuft es nicht so richtig gut. Ist aber nicht seine Schuld. Die Lehrerin war angeblich heuer so gut wie nie in der Schule. Ich denke, die Schularbeit wird verschoben werden müssen. Oder diese Sibera springt ein. Sie ist auch geprüfte Spanierin.
– ---
– Also Spanischlehrerin. Aber die Söllner ist trotzdem eher fürs Verschieben. Alle, die die Vokabeln können, bekämen im ersten Semester ein Befriedigend.
– ---
– Hörst du mir noch zu?
– Klar ---- hör ich dir ---- zu. ---- Und kann Lukas ---- die Vokabeln?
– Wenn es so weit ist, wird er sie können.
– Dann ---- passt ---- es doch.
– Und kennst du diese Sibera?
– Natürlich.
– Und?
– Nichts und.
– Ich meine, wie ist sie so?
– Wie soll sie ---- sein? Fesche ---- Person. Turnerin halt.
– Wie alt?
– Wieso wie alt? Wie ---- soll ich wissen, wie alt ---- die ist?
– Weißt du, ob sie verheiratet ist?
– ---
– Weißt du, ob sie verheiratet ist!?
– Wawa!
– Ja?
– Was bitte ---- fragst du ---- mich da!
– ---
– ---

– Und hast du noch immer Kontakt mit Nikos Mutter?
– Was?
– Du weißt, von wem ich spreche.
– Lose.
– Lose?
– Losen Kon---takt. Wir telefonieren. Wegen der Kinder hauptsächlich.

– Hauptsächlich?
– Natürlich wegen der Kinder. Von Frau zu Frau. Müttergespräche. Dieser Niko muss ein grässliches Kind sein.
– Wem sagst du das!
– Was?
– Nichts. Hast du ihn kennengelernt?
– Wen?
– Niko.
– Niko? nein.
– Woher weißt du dann, dass er schrecklich ist?
– Von Bab ---- also ihrem ---- Erzählen her. Folgt nicht. ---- Redet ---- zurück. Angeblich ganz ---- der Vater. Sie hat ihn ---- verlassen. Sie sagt, die beste ----Entscheidung ihres Lebens. Sie wird ihn vielleicht gar nicht nach Sri Lanka mitnehmen, wenn sie vielleicht heuer fährt.
– Logisch, wenn sie ihn verlassen hat.
– Ich meine nicht den Mann, ich meine Niko. Erst ---- muss er sein Benehmen ändern. Sie will ---- ihn nicht auch noch ---- dafür belohnen, d...
– Was, sie fährt allein nach Sri Lanka und lässt ihren Sohn zurück? Zwei Monate?
– Vielleicht ---- fährt sie gar nicht ---- erst im Sommer.
– Aha?
– Ja. Sie überlegt, ob ---- sie nicht besser ---- schon im Winter fährt, zum Beispiel in den Semesterferien.
– Aha? In den Semesterferien.
– Weil dann ---- Sommer ist. Also ----in ----Sri ----Lanka.
– Aha.

Gut. Ich hätte nach diesem Gespräch auch wieder Zeitung lesen können statt aufzustehen. Und wenn ich schon aufgestanden wäre, hätte ich ja nicht in Lukas' Zimmer gehen müssen. Und wenn ich schon in Lukas' Zimmer gegangen wäre, hätte ich ja auch anklopfen können. Und wenn ich schon nicht angeklopft hätte, hätte ich mich ja auch diskret im Zimmer aufstellen können, statt mich ungefragt zu ihm an den PC zu setzen. Da war die Katz' noch nicht aus dem Sack. Denn sein Klick weg war schneller als mein Blick hin.

– Papi! Geh weg! Was machst du da!
– Nichts. Ich ... wollte nur ... ich habe ...
– Klopf an, wenn du hereinkommst!
– Ich hab geklopft. Leise.
– ---
– ---
– Hast du's gesehen?
– Was gesehen? Nein!
Also was genau gesehen?
– Du hast es gesehen.
– ---
– Das hast du jetzt von diesen blöden Fotos!
– Welchen blöden Fotos ... du meinst: DIE Fotos? Eure Schulfotos? Das waren eure Schulfotos?
– Ja ... also nein. Das haben sie mir nur hineinkopiert. Irgendwer von meinen Freunden auf Facebook hat d...
– Ein Euro! Erwischt! Ha!
– Fakebook. Ich hab eh Fakebook gesagt.
– Du hast Facebook gesagt.
– Ha, auch erwischt! Auch ein Euro!
– ---
– ---
– Was hineinkopiert? Zeig noch einmal her!

Dann hat er die Seite aufgemacht. Fotos. Zum Scrollen. Zuerst, ganz oben, im Close-Up, ein Porträtfoto meines Sohnes. Frisur: Lukas goes Justin Bieber. Gesichtsausdruck: Oma besuchen. Darunter zwei Klassenfotos: Lukas in der mittleren Reihe, Augen zu, Gesichtsausdruck: Spaghetti, von

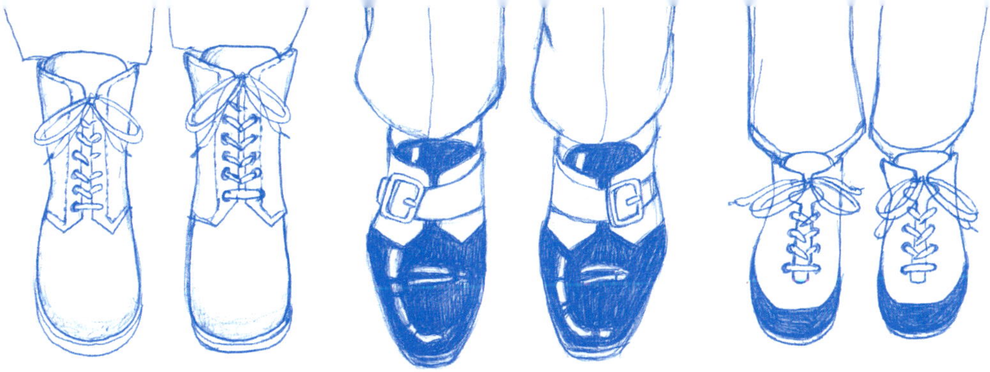

der Brust abwärts durch einen anderen Schüler verdeckt. Doch dann die Freundschaftsfotos. Oh Gott! Lukas sitzend, Lukas liegend, Lukas vorn, Lukas hinten. Gesichtsausdruck: Guantánamo. Aber: All das in knallroten Stöckelschuhen!!

– Oh Gott, was hast du denn da für Schuhe an??

– Die hab ich gar nicht angehabt. Ich hab die hier angehabt.

Bei diesen Worten zieht Sohnemann seine Schreibtischlade heraus, legt eine Fotomappe, die Fotomappe, auf den Tisch und schlägt sie vor meiner Nase auf. Die gleichen Bilder wie vorhin auf dem Computer – Oma, Spaghetti, Guantánamo. Aber diesmal: weiß-schwarze Lack-Schnallenschuhe!

– Lukas! Das ist ja grässlich!

– Eben! Und ich hab die müssen!

– Was heißt müssen?

– Die habe ich in der Direktion bekommen.

– Die roten Stöckelschuhe?

– Nein, diese Schwuchtelstiefel da.

– Und andere hatten die nicht? Die sind dir ja um drei Nummern zu groß! Und weiß lackierte Schnallenschuhe waren schon out, als ich noch zur Schule gegangen bin!

– Alle haben gesagt, man sieht es auf dem Foto eh nicht. Aber dann hat man es doch gesehen. Der ur gemeine Fotograf war das.

– Und wieso sind da jetzt … also im Internet … ganz andere… ich meine, warum stehst du da jetzt bitte in roten Stöckelschuhen?!?

– Sag ich ja – hineinkopiert.

– Und wer macht so etwas?

– Keine Ahnung.
Ich habe Niko gefragt, ob er die ätzenden Schuhe, die mir der W... Direktor gegeben hat, für fa... fakebook wegmachen kann, und er hat gesagt, ja, er macht das.
– Niko schon wieder.
– Was heißt schon wieder? Er war es ja gar nicht.
– ---
– Irgendwer hat uns gemeiert.
– Hat was?
– Gemeiert. Verarscht, weil wir bei den Cheerleadern sein müssen.
– Du glaubst, das hat etwas mit den Cheerleadern zu tun?
– Den Roman und den Charles haben sie auch gemeiert. Charles haben sie ein Kopftuch aufgesetzt.
– Lass mich schauen!
– Nein, V... Papi. Es ist ur peinlich. Wirklich. Bitte!
Ich sag morgen, sie sollen es löschen.
– Und wenn du ihnen sagst, sie sollen es löschen, dann löschen sie es auch?

- Ich weiß schon, was ich sagen muss, damit sie es tun.
- Und was genau musst du sagen, damit sie es tun? Könntest du mir das vielleicht verraten?
- Nein. Will ich nicht.
  Echt nicht. Ich mach das schon.
- ---
- ---
- Soll ich in der Schule etwas sagen?
- Wem willst du was sagen?
- Der Frau Professor Söllner?
- Nein, natürlich!

Hätte ich Sabine einweihen müssen? Gelegenheit hätte ich gehabt:

- Bine, schläfst du schon?
- ---
- Bine?
- Wawa! Du siehst doch, dass ich noch lese.
- Schon, aber du ... blätterst gar nicht.
- Weil ich denke.
- ---
- Was ist denn?
- Wegen Lukas.
- Gut machst du das. Wenn es das ist, was du hören willst.
  Laura spielt beim Krippenspiel übrigens die Maria. Sie hat mir vorhin ihre Rolle gezeigt. Sieben Seiten Text!
- ---
- Deine Tochter interessiert dich offenbar nicht besonders.
- Doch. Natürlich interessiert mich meine Tochter, nur hab ich derzeit den Kopf voll mit meinem Sohn.
- Hatte ich sieben Jahre.
  Und? Ist was Besonderes mit Lukas? Mir kommt er zurzeit ziemlich ausgegl...
- Nein, nein, ich meine: doch, ja. Eh alles auf Schiene.

Dann ist sie bald eingeschlafen.

Und ich konnte nicht. Die Schäfchen, die ich zählen wollte, hatten rote Stöckelschuhe an ...

Reingard Söllner

Lieber Herr Gruber! *Freitag, 12. November*

Bezüglich Spanisch ist jetzt eine Entscheidung gefallen: Frau Sibera wird die Spanisch-Schularbeit doch halten. Es gilt der Schularbeitsstoff, der im Mitteilungsheft eingetragen wurde. Achtung, neuer Termin: 2. Dezember!

Mag. Reingard Söllner

Walter Gruber

U: Dann werden wir eben nicht nur die Vokabeln lernen ☺, mit freundlichem Gruß, Walter Gruber

Lukas

Mir fehlen in Deutsch noch immer die A-Blätter 17 und 18a, 20 und 21. Aber 16 und 19 hab ich. Ich brauche ein neues Österreichisches Wörterbuch, außer ich kann meines noch finden. Kein Duden!

U:

Walter Gruber

Sehr geehrte Frau Zemann,

Leider können wir das Wörterbuch nicht mehr finden, jedenfalls nicht zu Hause, wird also besorgt!

Mit freundlichem Gruß, Walter Gruber

Lukas

15. 11.

Morgen, Dienstag, 16. November, entfällt GZ am Nachmittag. Prof. Söllner krank. Der Unterricht endet schon um 13 Uhr.

U: Walter Gruber

Direktor DDr. Paul Weiser

Sehr geehrte Frau Gruber! Sehr geehrter Herr Gruber!

Da Sie beide von meiner Kanzlei telefonisch nicht erreicht werden konnten, bitte ich Sie höflich um einen kurzen Anruf zwecks Terminvereinbarung. Es handelt sich um eine Angelegenheit, die persönlich geregelt werden muss. Wenn Sie bitte bei Gelegenheit in der Kanzlei Ihre aktuellen Handynummern bekanntgeben möchten.

hochachtungsvoll

Dir. Hofrat DDr. Mag. Paul Weiser

► Hofrat S 181

Ulrike Sibera

Liebe Frau Gruber,
Es konnte jetzt doch ein Schikurs zusammengebracht werden! Er wird voraussichtlich mit ein paar Tage in die Semesterferien hineinfallen. Das Semesterzeugnis wird dann für alle, die an den Schikurs teilnehmen, anschließend an den Semesterferien ausgegeben. Wenn Lukas mitfahren möchte, bitte das Ja-Kästchen ankreuzen. Die näheren Details kommen in einen Elternbrief.
Ulrike Sibera
Ja (X) *nein* ( )

Walter Gruber

U: Walter Gruber, Vater, männlich

Walter Gruber
er Computerausdruck

Liebe Frau Söllner,
Ich habe in Lukas' Mitteilungsheft gelesen, dass Sie erkrankt sind. Ich hoffe, es ist nichts Ernstes. Ich bin mir fast sicher, dass Sie sich in Schönbrunn erkältet haben. Ihre dünne Jacke, sehr elegant, sehr attraktiv, aber eben sehr dünn. Wir haben November! Und wir leben in Österreich! Neun Monate Winter. Drei Wochen Sommer. Meistens von Montag bis Mittwoch.
Ich melde mich jetzt, weil ich von Hofrat DDr. Weiser zu einem Gespräch in die Direktion gebeten worden bin. Wir haben telefonisch einen Termin für Donnerstag vereinbart. Und ich habe mir gedacht, wenn ich schon am Donnerstag in der Schule bin, könnte ich gleich in Ihre Sprechstunde kommen, vorausgesetzt, Sie sind bis dahin wieder auf dem Damm. Leider hat mein Wunsch nach einem Gespräch einen unangenehmen Anlass. Um es gleich vorwegzunehmen, es handelt sich um „Mobbing". Ich hoffe, Ihr Kalender ist nicht wieder mit anderen Müttern ausgefüllt? ☺

► Mobbing S 185

Haben Sie übrigens eine Idee, was Hofrat DDr. Weiser von mir möchte? Ich hoffe, es ist nicht das, was ich denke.
Baldige Genesung wünscht
Walter Gruber, Montag, 15. 11.
PS: Ein echt „Österreichisches Wörterbuch" für Deutsch wird sich in den nächsten Tagen in Lukas' Rucksack befinden und von dort hoffentlich auch nicht so bald wieder verschwinden. Wenn es mir doch noch gelingen sollte, ein solches käuflich zu erwerben. Bis jetzt – mission impossible!

► Österreichisches Wörterbuch S 191

PPS: Soll ich für Frau Prof. Sibera auch gleich eines besorgen? ☺ *(nicht bös gemeint)*

Österreichisches Wörterbuch
60 Jahre
42. Auflage
DUDEN
Die deutsche Rechtschreibung
25 Auflage
1
Info
Wie heißt der Autor?

11

C:\Users\Walter\Dokumente\LukasSchuleTagebuch\adMitteilungsheft
Dienstag, 16. 11.

Morgen nächster Versuch, ein Österreichisches Wörterbuch zu erstehen, keinen Duden. Und morgen nehme ich Lukas mit. Der soll sehen, was Leiden ist.

- Wörterbuch? Deutsch meinen Sie?
- Ja, Deutsch.
- Also den Duden.
- Nein, nicht den Duden.
- Aber das Deutsch-Wörterbuch heißt Duden.
- ---
- Oder Sie nehmen einen Langenscheidt, aber der ist kein Wörterbuch.
- Nein, Fräulein, ich will das Österreichische Wörterbuch. Das steht auf dem Buch auch so drauf, „Österreichisches Wörterbuch". Es ist für meinen Sohn. Für die Schule. Diese Schule liegt nämlich in Österreich. Darum „Österreichisches Wörterbuch".
- Wir haben nur den Duden. Wenn Sie etwas Besonderes wollen, müssen S' in eine spezielle Schulbuchhandlung gehen. Oder ich schau, ob ich's Ihnen bestellen kann.
- Und wie lange würd...
- Moment, ich schau vorher lieber im Computer nach, ob es das überhaupt gibt.
- ---
- Wie heißt der Autor?

Also auf in die Schulbuchhandlung. Und ein paar Spanisch-Bücher kann ich bei der Gelegenheit auch gleich besorgen. Meine sind sicher veraltet. Das werde ich mein Leben lang nicht vergessen: „Eviva España", erste Lektion: „Con algo hay que empezar!" Richtig, mit irgendetwas muss man anfangen, wenn man etwas lernen will. Die Frage ist nur, wer das festlegt. Wer festlegt, womit man zu lernen beginnt, wer festlegt, womit man endet und womit man dazwischen seinen Kopf voll macht. Antwort: der Schulbuchautor. Die Wahrheit ist ja: In der Schule unterrichtet nicht der Lehrer, son- ► Schulbuch S 187 dern der Schulbuchautor. Steht der Buchautor „Englisch“ auf Australien, siehst du dich plötzlich zehn Seiten über den Ayers Rock und die Wombats unterrichten. Steht der Buchautor „Biologie“ auf Bienen, findest du aus den Waben gar nicht mehr heraus, plus Zusatzinformationen im Lehrerbegleitheft plus Hinweis auf digitale Medien und die Arbeitsblätter im Anhang: „Die Honigbiene – Aufbau des Stocks“. „Die Honigbiene – ein Leben für die Königin“. Was habe ich in meinem Schülerleben nicht alles über die Biene gehört! 2. Klasse. Auslandsprojektwoche in Spanien, geleitet von der Bio-Lehrerin. Über die Bienenzucht in Nordspanien haben wir alles gewusst, bis hin zum korrekten Einbau der Pollenfallen. Aber der Rest – spanische Dörfer. Als bei der Busfahrt durchs Land unsere Blicke in einer schnellen Kurve einmal aus dem Fenster gefallen sind, meldete sich Andi:

– Herr Lehrer, warum hängen da manche die Zitronen auf Bäumen auf?
– Andi, die hängen sie da nicht auf, die wachsen da!

Morgen werde ich für Lukas Schier und Schischuhe aus dem Keller holen. Checken, ob noch alles passt. Da will der junge Herr plötzlich dabei sein.

- Und krieg ich neue, wenn die alten nicht mehr passen?
- Bindungen kann man verstellen.
- Verstellen ist teurer als neue Schier.
- ---
- Außerdem haben bei uns sicher alle neue.
- Deine sind auch neu.
- Wenn ich keine neuen Schier krieg, will ich ein Snowboard.
- Man muss mindestens fünf Jahre gecarved haben, bevor man snowboarden kann.

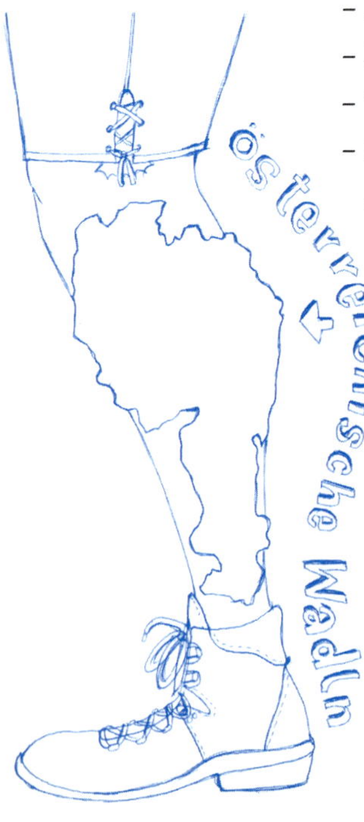

– Sagt wer?

– Sagt … sag ich.

– Weil du jetzt Marcel Hirscher heißt?

– Dafür muss ich nicht Marcel Hirscher heißen. Frag deine Mutter.

– Weil die jetzt Lindsey Vonn heißt.

– Lukas, du nervst!

Schifahren kann Lukas. Im Gegensatz zu den meisten Kindern heutzutage. Das ist Sabines Verdienst. Begonnen hat das vor fünf Jahren, damals war Lukas in der 2. Klasse Volksschule – und Laura noch im Kindergarten.

► Kindergarten S 182

– Binchen, fliegen wir zu Weihnachten eh wieder nach Dubrovnik? Und weißt du, ob Laura im Flugzeug schon zahlt?

– Wawa! Laura zahlt, seit sie keine Windeln mehr trägt. Aber eh wurscht, weil heuer gibt es kein Dubrovnik.

– Was? Heuer kein Dubrovnik? Warum heuer kein Dubrovnik?

– Weil Winter ab jetzt Schifahren bedeutet. Ein Kind muss Schifahren lernen.

– Ein Kind muss Schifahren lernen? Aber die anderen Kinder auf dieser Welt lernen auch nicht Schifahren. Sie lernen Fußball spielen. Basketball spielen. Tennis spielen. Kein normaler Mensch lernt es, freiwillig auf gefrorenem Niederschlag einen Berg hinunterzufahren.

– Wir Österreicher schon. Wir sind dafür gebaut.

– Wie, gebaut?

– Von den Waden her. Vergleich einmal österreichische Waden mit sagen wir französischen oder chinesischen.

– Bine!

Statt Dubrovnik kam St. Johann im Pongau und Lukas zu seinem ersten Schihasen-Diplom. Ein Jahr später fand der erste Schul-Schitag statt und Lukas gewann seinen ersten Pokal.

– Lukas hat das Abschlussrennen gewonnen.

– Bravo. Das macht uns natürlich stolz.

– Sie sehen, die Rolle des Elternhauses ist auch im Sport nicht zu unterschätzen.

– Und wer ist Zweiter und Dritter geworden? Wir wollen eine kleine private Siegerehrungsparty …

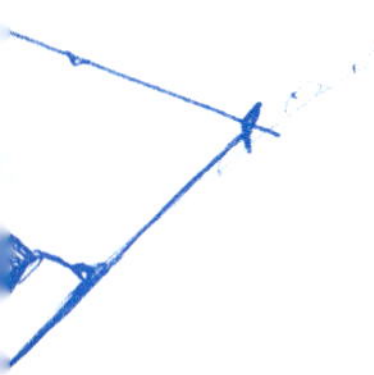

– Simon ist dann noch Zweiter geworden.

– ---

– Mehr sind nicht durchgekommen.

Seitdem hat Sabine in Sachen Sport das Sagen. Entscheidungen wie Schi neu oder Schi alt kann ich daher ohne sie nicht treffen. Das hat sich bis heute nicht geändert:

– Sollen wir Lukas neue Schier kaufen, Bine?

– Geht ihr zwei denn heuer Schifahren?

– Wieso wir zwei?
Er hat einen Schikurs.

► Schulschikurs S 188

– Und passen ihm die alten Schier nicht mehr? Die sind doch höchstes ein Jahr alt. Ich meine, dein Sohn ist ja nicht größer geworden, sondern nur ... fester.

– Das hab ich gehört. Das war ur gemein.

– Das war nicht gemein, Schatz, fest ist ja kein Schimpfwort.

– Ich bin nicht fest. Und das hast du auch gar nicht gemeint. Du hast gemeint, dass ich dick bin.

– Was war ur gemein? Über was redet ihr schon wieder?

– Laura, halt dich da raus, gut?

– Dann seid endlich leiser, wenn ihr schon fernschaut, ich muss morgen die Maria können.

– Lukas, komm halt her, wenn du mitreden willst, und brüll nicht, deine Schwester kann sich nicht konzentrieren!

– Wenn ich keine neuen Schier krieg, dann will ich Snowboard gehen. Niko tut heuer vielleicht auch snowboarden.

– Es heißt nicht Snowboard gehen. Und es heißt nicht jemand tut snowboarden. Du bist ja nicht mehr in der Volksschule, dass du ein Verb nicht konjungieren kannst ... abgesehen davon ist mir Niko ziemlich egal!
UND RUHE JETZT, DANCING STARS GEHT WEITER. JETZT KOMMT DER CHA CHA CHA!

– WER KOMMT? WAS HAT DENN DER TYP FÜR EINEN KOMISCHEN NAMEN?

– DAS IST EIN TANZ.

– EIN WAS?

– Ein Ta-hanz.

– WARUM SCHREIT IHR SCHON WIEDER!
MAMI, SAG DEN BEIDEN, SIE SOLLEN NICHT SCHREIEN!

– Schreit nicht, Laura kann die Maria nicht lernen.

So ging das auch noch die zweite und dritte Werbung. Dann war die Porno-Queen Dolly Buster hinausgewählt, derentwegen sich halb Österreich auch noch die 4. Staffel der Tanzshow angesehen hatte, und Sabine und ich konnten uns, während Laura für das Krippenspiel lernte und Lukas mit seinem Smart-Trottel beschäftigt war, wieder voll auf unsere Beziehungspflege konzentrieren. Ton-aus-Taste.

– Stell dir vor, der Direktor will mich sprechen.
– Oh Gott, Herr Hofrat Doktordoktor. Der?
– Genau der.
– Und was will er?
– Keine Ahnung, ich hab den Termin erst nächsten Donnerstag, ich kann früher nicht. Ich hab bis Mittwoch zwei Szenen umzuschreiben. Seine Sekretärin wollte mir am Telefon nicht sagen, worum es geht. Aber es scheint dringend.
– Dringend? Und dann hast du den Termin erst am Donnerstag? Weil du früher nicht kannst?
Walter, es ist normalerweise Gefahr im Verzug, wenn man vom Direktor seines 13-jährigen Sohnes vorgeladen wird. Da verschiebt man nichts wegen nich… wegen zwei Szenen.
– ...
– Ich meine, du wirst doch wissen, ob etwas vorgefallen ist?
– Genau genommen hat er mich nicht vorgeladen, er hat mich eingeladen.
– Um mit dir seinen dritten Doktortitel zu feiern?

Natürlich kann ich mir denken, warum mich der Hofrat Weiser sprechen will. Es wird um die Geschichte in Schönbrunn neulich gehen. Aber kann ich Sabine von dem Vorfall erzählen? „Ich glaub, ich weiß jetzt eigentlich schon, worum es gehen wird, liebe Sabine. Lukas' Lehrerin hat Lukas' bescheuertem Freund Niko eine geflakt. Und weil ich daneben gestanden bin, wird er mich jetzt dazu befragen wollen. Vermutlich, liebe Sabine, hängt es also von meinen Aussagen ab, ob Frau Professor Reingard Söllner ein

Disziplinarverfahren bekommt oder nicht. Folge: Entweder haben wir ab nächster Woche das Alpha-Tier der Klasse samt seiner herzlosen Mutter zur Feindin oder Lukas' Klassenvorstand. Mit an Sicherheit grenzender Wahrscheinlichkeit wird sich der Fall demnach für Lukas ungünstig auswirken. Und was meinst du jetzt, liebe Sabine?" Brauch ich gar nicht zu fragen, Antwort klar: „Was ich meine? Meinst du das ernst? Was ich meine? Ich meine, eine Lehrerin, die ein Kind schlägt, hat nicht das Recht, Lehrerin zu sein, das meine ich." – „Nicht geschlagen, geohrfeigt." – „Aha, jetzt ergreifst du also schon wieder Partei für diese Person." – „Ich ergreife nicht Partei, aber dieser Niko ..." – „Das ist es also. Niko. Weil du ein Kind nicht magst, das du im Übrigen nicht einmal kennst, nimmst du eine Prügellehrerin in Schutz", usw. usf.
Hätte ich also die Wahrheit sagen können? No way!

– Wawa! Bist du noch da?
– Klar bin ich noch da. Aber warum bist du schon wieder zynisch? Und sag bitte nicht Wawa.
– Weil du herumeierst. Walter.
– ---
– Okay, es geht mich nichts an. Lukas' Schule ist dein Revier.
– So ist es. Ich werde früh genug erfahren, worum es geht. Wahrscheinlich handelt es sich um eine harmlose Elternvereinsangelegenheit, dringend, aber harmlos. Vielleicht geht es ja auch nur um den Schikurs in den Semesterferien. Vielleicht wollen sie von den Eltern der Kinder, die mitfahren dürfen, eine ausdrückliche Erlaub...
– In den Semesterferien?
– In den Semesterferien. Im Mitteilungsheft steht, dass der Schikurs zumindest ein paar Tage in die Semesterferien fallen wird.
– Aber in den Semesterferien sind ... Semesterferien.
– Eben.
– Eben? Da haben die Familien vielleicht schon etwas vor. Privat. Mit ihren Kindern. Oder auch endlich einmal nicht mit ihren Kindern. Urlaub für Erwachsene machen, zum Beispiel.
– ---
– ---

– Haben wir etwas vor?

– ---

– Bine! Haben wir etwas vor?

– Warum sollten wir etwas vorhaben? Wir haben nichts vor. Warum fragst du eigentlich immer mich, ob wir etwas vorhaben? Und jetzt haben wir bitte Mitte November. Weiß ich Mitte November, ob wir am 6. Februar etwas vorhaben?

– Warum am 6. Februar?

– Warum am 6. Februar? Weil da die Semesterferien beginnen.

– Du weißt auswendig, wann die Semesterferien beginnen?

– Als Mutter eines Schulkindes weiß man, wann die Semesterferien beginnen. Man weiß überhaupt, wann alle Ferien beginnen, und noch besser weiß man nur, wann sie wieder aufhören. Die großen, die kleinen, die halbgroßen, die Oster-, die Pfingst-, die Herbst-.

– Ist schon gut.
Und zwei übrigens.

– Was zwei schon wieder.

– Zwei Schulkinder. Als Mutter von zwei Schulkindern. Du scheinst zu vergessen, dass wir auch eine Tochter haben.
Sie heißt Laura.
Und geht in die vierte Klasse Volksschule.

– ---

– ---

– War's das?

– Ja, das war's.

Allerdings noch nicht ganz. Wir immer noch unter dem Altar (ich halte inzwischen wieder die Fernbedienung, Bine einen Teller mit Käse und Oliven in der Hand), Bine mit überraschender Wendung:

– Dann sollten wir Lukas aber ein Snowboard kaufen.

– Wie – dann?

– Wenn er seinen Schikurs in den Semesterferien hat.

– Was hat das eine mit dem anderen zu tun? Und wieso soll er jetzt plötzlich snowboarden lernen?

– Weil Niko auch ein Snowboard hat. Dann können die beiden in den Semesterferien gemeinsam Snowboard lernen.

– Ich dachte, Niko fliegt mit seiner Mutter in den Semesterferien nach Sri Lanka? Und Lukas wurde sogar eingeladen mitzufahren.

– Das würde ich so nicht sagen.

– Das würdest du so nicht sagen. Was soll das heißen? Bine!

– Was – Bine?!? Wenn die jetzt Schikurs haben ... Ich meine, ich kann mir denken, dass sich Barb... also Nikos Mutter denkt, Schifahren geht vor. Das ist ein Sport. Sri Lanka ist ja doch nur Herumhängen. Ich meine, für ein Kind. Und unsere Kinder sind sowieso alle to-tal unsportli...

– Ich will auch nach Sri Lanka! Scheißschifahren!

– ---

– ---

– Habt ihr mich gehört?

– Du wirst in den Semesterferien sowieso nirgendwohin fahren, weil du nämlich in den Semesterferien lernen wirst. Und komm her, wenn du etwas zu sagen hast.

– Ich will nicht schifahren. Wenn Niko nach Sri Lanka f...

– Setz dich! Ob Niko nach Sri Lanka fährt oder nicht, ist die eine Sache. Das geht uns gar nichts an. Die andere Sache ist die, dass du in mindestens drei Fächern auf Nicht genügend stehst. In deinem Mitteilungsheft steht, dass dir in Deutsch ca. siebzehn Arbeitsblätter fehlen.

– Sehr witzig wieder, Vater!

– Gar nicht witzig. Steht in deinem Mitteilungsheft, dass dir in Deutsch Arbeitsblätter fehlen, oder nicht? Los, bring's her!

– Zwei oder drei fehlen. Und die kann man ohne Wörterbuch nicht machen.

– ---

– Wieso hat er kein Wörterbuch, Wawa?

– ---

– Ich frage dich, wieso er kein Wörterbuch hat. Er braucht ein Wörterbuch.

– Ich weiß, dass er ein Wörterbuch braucht. Morgen gehen wir zwei eins kaufen.

– Wawa, ich hab dir doch gesagt, dass ich derzeit überhaupt keine Zeit habe, um …
– Nicht wir zwei! *Wir* zwei – Lukas und ich. Wir haben morgen Nachmittag Zeit.
– Aber ich hab mir schon mit Niko …, also muss ich da mitgehen?
– Es ist, zum Kuckuck!, dein Wörterbuch!
– Kannst du es nicht allein kaufen? Mami, sag ihm, er soll es allein kaufen.
– Wir haben doch einen Duden! Nimm den Duden!
– Lukas braucht aber keinen Duden. Er braucht ein Österreichisches Wörterbuch.
– Aha? Schreibt man Sri Lanka im Duden vielleicht anders als im Österreichischen Wörterbuch?
– Bine, darum geht's doch überhaupt nicht.

Und dann war da auf wundersame Weise plötzlich Marie-Claire auf dem Bildschirm. Die Spätnachrichten. Und mit einem Mal hab ich gewusst, an wen sie mich erinnert. Also umgekehrt, wer mich an sie erinnert. Meine Güte, was diese beiden Frauen, wenn man gut hinsieht, doch für Ähnlichkeit haben!

– Willst du auch?

– Du meinst Käse? Nein danke.

Mitteilungsheft

Reingard Söllner *Sehr geehrter Herr Gruber!* *Mittwoch, 17. November*

Ich bitte um Entschuldigung, dass ich jetzt erst antworte, aber ich bin erst seit heute aus dem Krankenstand zurück.

Es trifft sich gut, dass Sie morgen in meine Sprechstunde kommen wollen. „Gut" leider mit Anführungszeichen, denn Lukas hat heute seine fünfte Klassenbucheintragung bekommen (siehe in Kopie). Normalerweise ist das die Zahl, bei der an unserer Schule eine vorübergehende Suspendierung in Betracht gezogen wird. Diesmal handelt es sich um ein Arbeitsblatt aus Deutsch, das mir die Klassenlehrerin für Deutsch, Frau Prof. Zemann, weitergegeben hat. Ich habe Ihnen in Kopie auch die betreffenden A-Blätter beigelegt, damit erspare ich mir weitere Erklärungen. A-Blatt 18 zeigt die Aufgabenstellung. A-Blatt 18a zeigt, was Lukas daraus gemacht hat.

Es erscheint mir sinnvoll, wenn Sie vor unserem morgigen Termin mit Ihrem Sohn noch ein weiteres Mal sprechen. Vielleicht gibt es eine private Erklärung für seine aktuelle Performance, in diesem Fall sollte man auch über professionelle Hilfe, allenfalls aber über Nachhilfeunterricht, zumindest in Mathematik, nachdenken.

Mit freundlichem Gruß

Reingard Söllner

Walter Gruber *U: gesehen, Walter Gruber*

A-Blatt 18 Groß oder klein? ANGABE

N: Lukas Gruber

Im folgenden Witz sind alle Buchstaben großgeschrieben. Schreibe den Witz in Schreibschrift ab und achte dabei auf Groß- und Kleinschreibung!

WAS IST VERANTWORTUNG?
DIE LEHRERIN FÜHRT MIT IHRER KLASSE EIN SEHR WICHTIGES GESPRÄCH. NACH ETWA ZWANZIG MINUTEN FRAGT SIE IHRE SCHÜLER: „WER KANN MIR SAGEN, WAS VERANTWORTUNG IST?" ALLE ÜBERLEGEN. PLÖTZLICH MELDET SICH DENNIS, DER SONST NIE ETWAS SAGT, GANZ EIFRIG UND MEINT, ALS ER AUFGERUFEN WIRD: „AN MEINER HOSE SIND ALLE KNÖPFE ABGERISSEN. NUR EINER IST NOCH DRAN. UND DER TRÄGT JETZT DIE GANZE VERANTWORTUNG."

Schreibe danach auf Blatt 18a „Groß oder klein: Lösung" ein Rätsel zu dem eben abgeschriebenen Witz. Das Keyword ist „TEAMFÄHIG". Du darfst alle Wörter aus dem Text verwenden! Bitte deine Wörter nur waagrecht eintragen.
Hier zwei Beispiele.

						T	r	ä	g	t					
						E									
						A									
						M									
		K	n	ö	p	F	e								
						Ä									
						H									
						I									
						G									

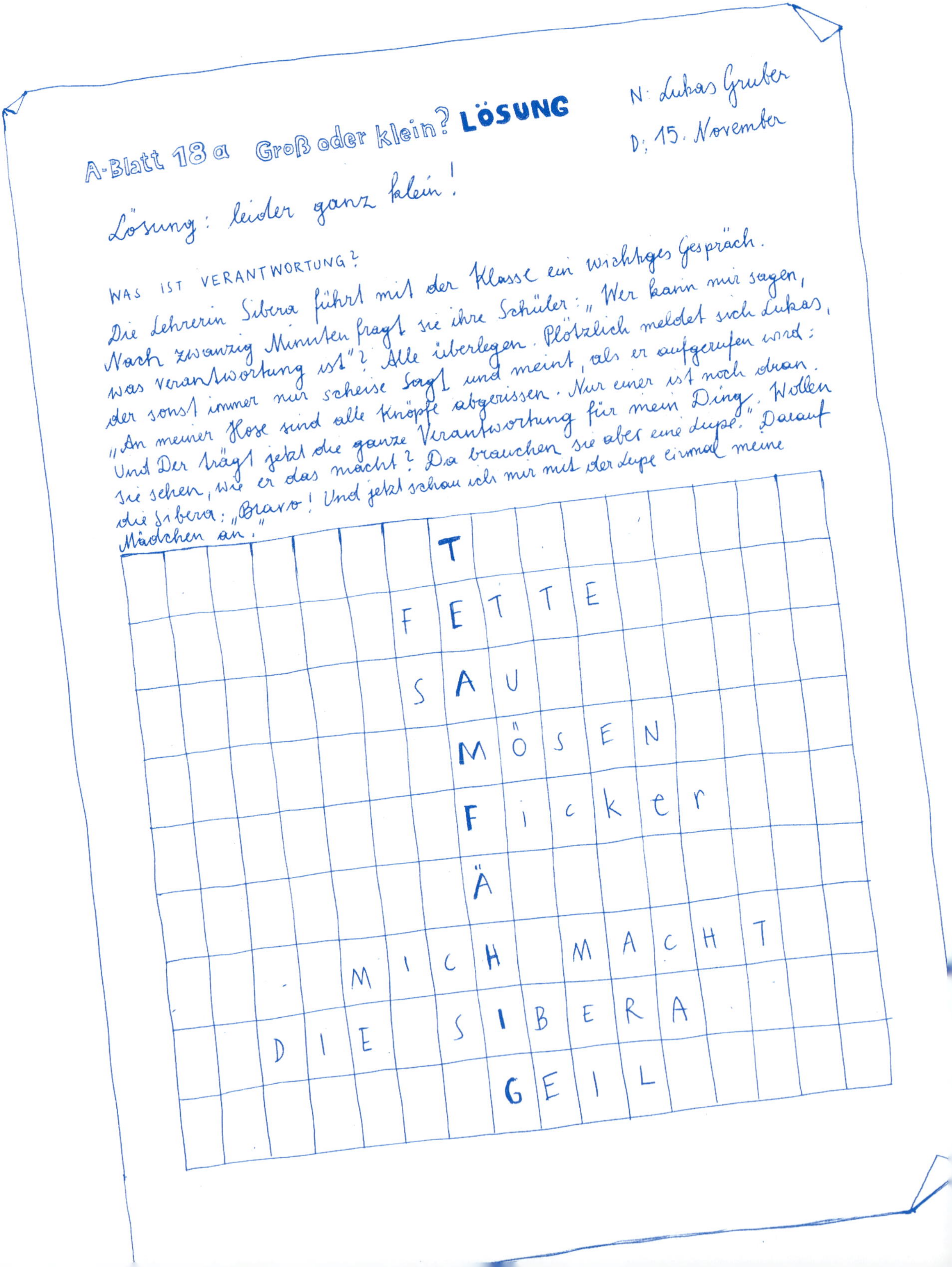
A-Blatt 18 a Groß oder klein? LÖSUNG
N: Lukas Gruber
D: 15. November
Lösung: leider ganz klein!
WAS IST VERANTWORTUNG?
Die Lehrerin Sibera führt mit der Klasse ein wichtges Gespräch. Nach zwanzig Minuten fragt sie ihre Schüler: „Wer kann mir sagen, was Verantwortung ist"? Alle überlegen. Plötzlich meldet sich Lukas, der sonst immer nur scheise sagt und meint, als er aufgerufen wird: „An meiner Hose sind alle Knöpfe abgerissen. Nur einer ist noch dran. Und Der trägt jetzt die ganze Verantwortung für mein Ding. Wollen Sie sehen, wie er das macht? Da brauchen sie aber eine Lupe." Darauf die Sibera: „Bravo! Und jetzt schau ich mir mit der Lupe einmal meine Mädchen an."
T
FETTE
SAU
MÖSEN
Ficker
Ä
MICH MACHT
DIE SIBERA
GEIL

Anmerkungen: *Vorfall in der D-Stunde* Klassenordner: *Marc-Severin, Ali*

16. Nov: Lukas hat ein A-Blatt abgegeben, das offensichtlich als pure Provokation gedacht ist. Er befleißigt sich darin einer Fäkalsprache. Er zielt außerdem darauf ab, eine Lehrkraft auf sexistische Weise zu verunglimpfen.

Prof. G. Zemann

Walter Gruber *Sehr geehrte Frau Söllner!*

Lukas schwört, dass das Arbeitsblatt nicht von ihm stammt. Und ehrlich gesagt, glaube ich ihm.

Wir sehen uns morgen (bzw. aus Ihrer Sicht heute) am späteren Vormittag.

mfG

Walter Gruber, 17. 11.

12

C:\Users\Walter\Dokumente\LukasSchule\TagebuchadMitteilungsheft
Mittwoch, 17. 11.

Es erscheinen Frau Professor also „sinnvoll", wenn ich mit meinem Sohn „noch ein weiteres Mal spreche". Es heißt nicht noch ein weiteres Mal, Frau Professor! Gut, Sie sind keine Deutschlehrerin und außerdem in bester Gesellschaft: Unlängst mit dem Zug von Salzburg nach Wien gefahren, beim Warten vor dem einen (einen!) geöffneten WC aufenthaltsbedingt genaues Studium der Anleitung für das „Verhalten im Brandfall". „Punkt drei: Helfen Sie einander gegenseitig". Einander und dann auch noch gegenseitig, bei so viel Nächstenhilfe kann einem natürlich kein Feuer nichts anhaben. Ich habe dann trotzdem noch ein weiteres Mal mit meinem Sohn gesprochen. Zusammengefasst etwa dieses:

a) Wieso schreibst du solche Wörter in ein Arbeitsblatt? Möse. Geil. F… f… du weißt, wovon ich spreche.

b) Wieso ist es bereits jetzt so weit, dass du in Mathe Nachhilfe brauchst? Und müsstest du in Mathe nicht längst eine Schularbeit gehabt haben? Und wieso weiß ich als dein Vater und heuer für dein schulisches Fortkommen allein zuständiger Elternteil nichts von diesem Match und folgedessen auch nichts von seinem Ausgang?

c) Gibt es vielleicht private Gründe für dein Benehmen, die ich wissen müsste? Und falls ja, dann raus damit.

Darauf der Sohn:

Ad a) Er hat nicht Möse geschrieben, er hat das Ganze, fuck, überhaupt nicht geschrieben, er weiß überhaupt nichts von diesem A-Blatt 18.

Ad b) Dazu will er mir … eh schon … die ganze Zeit … etwas sagen.

Ad c) Was ich mit privaten Gründen meine?

Darauf der Vater:

Adad a) Das ist genau das Problem. Dass du nämlich von diesem A-Blatt 18 nichts weißt, zum Kuckuck! Denn wäre das anders, hättest du es ja vielleicht selber bearbeitet und dir damit eine Klassenbucheintragung erspart, in die dich offensichtlich einer deiner Mitschüler geritten hat. Und gibt es da nicht einen, dessen

► Mitschüler S 184

Vorname mit Ni beginnt und mit ko endet, nur einmal so in den Raum gestellt?

Adad b) Dann würde ich sagen, dass die „die ganze Zeit" jetzt gekommen ist, fuck!

Adad c) Private Gründe wären z.B.: Nahtoderlebnisse, Begegnungen mit Außerirdischen, Mobbing durch Mitschüler mit den Vornamen Niko. So etwas in der Art. Gäbe es solche Gründe, wäre es angeraten, intrafamiliär darüber zu reden.

Sohn:

Adadad a) Niko ist das bestimmt nicht gewesen! Und überhaupt soll ich aufhören, dauernd nur negativ über Niko zu reden. Dem geht es selber gerade ziemlich dreckig. Wegen seiner Mutter. Und seiner eigenen, also Lukas' Mutter, also Bine. Aber das soll ich besser selber mit der Mama klären, also mit Bine, da mischt er, also Lukas, sich jetzt bestimmt nicht ein.

Adadad b) Auf die erste Matheschularbeit hat er also ... ganz knapp ... keinen Vierer bekommen und sich dann nicht getraut, sie herzuzeigen.

Adadad c) Was für NATO-Erlebnisse?

Vater:

Adadadad a) Wieso der Mami? Meinst du unsere Mami? Also deine Mami? Was bitte genau soll ich mit deiner Mami klären?

Adadadad b) Knapp keinen Vierer, aber nicht knapp keinen Dreier, wie ich annehme. So weit, so schlecht. Aber warum, fuck, stehst du nicht dazu und zeigst sie trotzdem her?

Adadadad c) Vergiss es!

Leider wurde das pädagogische Gespräch zwischen Vater und Sohn unter dem aus gegebenem Anlass nur leicht geöffneten Altar („Wien heute" im Stumm-Modus, Moderation Elisabeth Vogel, Doktorin der Handelswissenschaften) durch die beiden Damen des Hauses jäh unterbrochen. Polterdipolter bei der Wohnungstür herein. Die Hüte tief in den Gesichtern. Die Waffen im Anschlag. Geladen und entsichert. Diesmal gab Laura den ersten Schuss ab.

– Wir haben geglaubt, ihr kommt auch. Voll unfair!

– ---

- Schau, Mama, da sitzen sie und tun fernschauen! Ihr habt doch gesagt, ihr kommt nach. Alle anderen Eltern waren beide da.
- ---
- ---
- Ihr habt etwas versäumt. Laura war eine super Maria!
- Das Krippenspiel? Heute? Wieso hat mir niemand ... Es ist bitte November. Ich dachte, ein Krippenspiel wird zu Weihnachten gespielt. Sogar in einer Schule.
- Es war die erste Probe.
- Generalprobe heißt das, Schätzchen.
- Ihr wart bei der Probe?? Ich schwöre, davon hab ich n...
- Alle waren da, Papi, nur du nicht! Man hat etwas spenden dürfen. Für die Demonstration.
- Dekoration.
- Direktion.
- ---
- Mach dir nichts draus, Laura, Schätzelchen, ich hab mich ja freigeschaufelt für dich. Und dein Vater hat bestimmt viel zu tun gehabt. Aber ich hab ihm den Erlagschein mitgenommen. Er wird das morgen erledigen. Gell, Wawa? Und zwar von deinem Konto.

Zeit, auch einen Schuss abzugeben. Wenn auch nur in die Luft.

- Wir haben bis vor fünf Minuten mathematische Probleme gelöst. Lukas will dir etwas beichten, Bine.
- Lukas muss mir überhaupt nichts beichten, was mit der Schule zusammenhängt. Du bist dieses Jahr der Beichtstuhl, nicht vergessen!
  Was ist es denn, Lukas?
- Egal. Eh schon geklärt.
- ---
- Komm Lukas, wir machen weiter Mathe!

Und ab in sein Zimmer. Dort war zunächst besinnliches Zusammensein angesagt. Dann hat Lukas irgendwann seinen Smart-Trottel in der Hand gehabt und ich hab mich an den PC gesetzt:

- Sag, Sohn, kann man Mathe auch im Internet üben?
- Oida!

Ausgerechnet Mathematik, der an den Schulen dieser Welt neben Altlatein und Uraltgriechisch am meisten überschätzte Unterrichtsgegenstand. Wenn man mich fragt: Spätestens ab der 6. Schulstufe sind zwei Stunden Mathe pro Woche ausreichend. Eine Stunde, in der man für jene drei Lebenslagen gerüstet wird, in denen man Mathematik braucht: a) das Gegenrechnen von Überziehungszinsen auf dem Gehaltskonto mit den Zinsen für einen etwaigen Kredit zum Abdecken desselben, b) das Nachrechnen von All-in-One-Gratis-Handy-TV-Internet-Monatsabrechnungen, c) das Berechnen der benötigten Menge Farbe zum Ausmalen der neuen Mietwohnung, in die man gezogen ist, nachdem der Mietpreis in der alten quasi im Wochentakt wertgesichert wurde. Dann eine halbe Stunde für regelmäßiges, lockeres Kopfrechnen (den Kopf hat man nämlich meistens dabei, wenn's drauf ankommt, Papier und Füllfeder nicht), und die letzte halbe Stunde für das Beherrschenlernen von Taschenrechner, Handyrechner und Rechner am PC.

► Mathematik S 183

Für alle, die mehr rechnen wollen – z.B., weil sie PISA-Auswerter, Physiknobelpreisträgerin oder Science Buster werden wollen –, sollte Mathe nachmittags als unverbindliche Übung angeboten werden, zur freien Wahl in einem Topf mit „Darts", „Lustig reimen" und „Sitzfußball".

Praxis ist bekanntlich das Gegenteil. Jahrelang quälen sie dich in „Mathe" mit Buchstaben, Bruchstrichen und drei Stellen hinter dem Komma, und dann haben sie auch noch die Unverschämtheit, so etwas „Rechnen" zu nennen. Hat bitte irgendwer, der später nicht Mathematiker oder Mathematiklehrer geworden ist, nach seiner Schulzeit je wieder mit Buchstaben oder Strichen zwischen Zahlen gerechnet? Eben. Mir hat das als Schüler im zarten Alter von 16 zu schwanen begonnen:

- Wozu Mathematik, Papa?
- Das ganze Leben ist Mathematik. Frag deinen Professor.
- Wozu Mathe, Herr Professor?
- Das ganze Leben ist Mathematik. Frag deinen Vater.

Meinen Vater habe ich zwar nicht gefragt, der wäre als pleitegegangener Betreiber eines ehemaligen „Lichtspieltheaters" (heute ein „Alles-1-Euro"-Shop) die falsche Adresse gewesen, aber in mein eigenes, damals noch junges Leben habe ich ein wenig hineingehorcht. Von Brüchen und Kommastellen keine Spur. Da war alle zwei Wochen das Sportklub-Match auf dem Sportklub-Platz mit Knackwurst und Semmel. Da war jeden Donnerstag das neue Perry-Rhodan-Heft, da war der strohblonde Helmut aus dem Nebenbau, bei dem ich unter der Klopfstange die Schallplatten zu Geld machte, die mein Vater nach Hause gebracht hatte („Sag, Liebling, hast du die neue Udo-Platte verborgt, ich kann sie seit Wochen nicht finden."), und da war Johanna, die jüngere Schwester eines Klassenkameraden. Tja, und da war die Schule. Also noch einmal zum Mathe-Lehrer.

– Wozu wirklich Mathe, Herr Professor, in echt jetzt?

Dann erfuhr ich, dass sich die Welt gar nicht mehr drehen würde, wenn da nicht schon im alten Griechenland Männer wie Pythagoras oder Archimedes die Arithmetik und die Geometrie begründet und damit die Basis gelegt hätten für alles, was heute im wahrsten Sinne des Wortes zähle: Physik, Chemie, Statik, Statistik, Löhne, Gehälter, das Bankenwesen, Wertpapiere, Sommerschlussverkauf.

– Ohne Pythagoras hätte es kein Streckenberechnen gegeben, kein Landvermessen, keine faire Verteilung von Grund und Boden.
– Und wenn einem Pythagoras ... irgendwie... nicht liegt? Ich meine, die ganze Mathe.
– Mathe liegt jedem. Genug üben muss man sie halt.
– ---

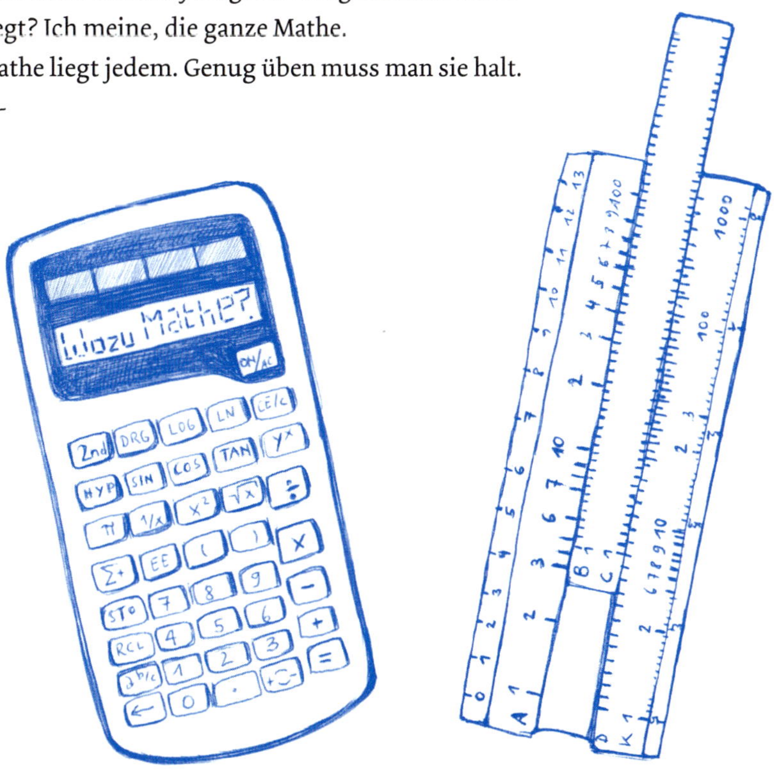

Auf 3 Schiffen befinden sich x Matrosen...

Wieviele (y) der x Matrosen haben
a) Löcher in den Socken
b) Syphilis

Heute stehen die Griechen vor dem Verkauf ihrer Inseln, die großen Banken gehen weltweit nur deswegen nicht pleite, weil die kleinen Bürger für ihre Verluste aufkommen, und der Sommerschlussverkauf endet im Juni, ohne dass der „Stringtanga für ihn" da auch nur einen Cent weniger kosten würde als später im Oktober, wenn der Winterschlussverkauf beginnt. Hauptsache aber, der kleine Walter hat geübt und geübt und geübt. Und dabei seine Jugend geopfert (von Johanna und Perry-Rhodan-Spezialheften ganz zu schweigen). Geopfert für die Fähigkeit, Hyperbeln mit Ellipsen zu schneiden, am Rechenschieber (Rechenschieber!, gibt es das überhaupt noch?) Tangens und Kotangens abzulesen, Doppellogarithmen zu teilen, Matrizen zu berechnen und auf gefinkelte Matrosenaufgaben nicht hineinzufallen. Und wofür das alles? Nicht einmal beim Einkaufen musst du heutzutage mehr rechnen:

► Matrosenaufgaben S 184

– Wie viel Geld hast du gebraucht, Wawa?
– Sag nicht Wawa, Mutter, das ist kindisch, ich bin 35.
– Gut. Walter. Also wie viel Geld hast du gebraucht?
– Steht am Kassazettel.
– Und wie viel hast du zurückbekommen?
– Liegt auf dem Tisch.
– Und wie viel hast du dir durch die Sonderangebote erspart, die ich dir auf dem Prospekt angekreuzelt habe?
– Keine Ahnung, Mutter.
Mein Handy hat keinen Akku gehabt.
– Wieso brauchst du für die Sonderangebote ein Handy?
– Glaubst du, ich setz mich im Supermarkt auf den Gabelstapler und rechne auf einem Zettel Prozente aus?
– Du hast gar nicht die Sonderangebote genommen? Wawa, sooo dick hab ich es …
– Doch. Die Bonuspunkte drucken sie dir beim nächsten Mal Zahlen automatisch aus.
– Welche Punkte?
– Vergiss es.

Der Hofrat

13

C:\Users\Walter\Dokumente\LukasSchule\TagebuchadMitteilungsheft
Donnerstag, 18. 11.

Diesmal wieder einmal unter dem Altar:

- Das glaubst du nicht.
- Was glaub ich nicht?
- Der Weiser hat mir einen Deal angeboten.
- Einen was?
- Einen richtigen Deal.
  Wie ein Mafiapate. Das glaubst du nicht. Wie in einem dieser Mafia-Filme aus Chicago: Leben gegen ewige Treue. Ehre gegen echten Whisky. Echter Whisky gegen gefälschte Zigaretten. Verstehst du?
- Spinnst du?
- Ich spinne kein bisschen.
- Wovon sprichst du?
- Wovon ich spreche? Kann ich dir sagen, wovon ich spreche, von einem fiesen, miesen Deal spreche ich. Und der geht so: Ich, Walter Gruber, habe erstens nicht gesehen, dass eine Lehrerin einem Schüler eine geschmiert hat, ich ermuntere, zweitens, unseren Sohn Lukas, bei einem Footballturnier als Cheerleader für seine Klasse den Deppen zu machen. Dafür wird er nicht vom Schulbesuch suspendiert.
- ---
- ---
- Su…, SUSP!

Noch nie habe ich Bine so laut schlucken gehört. Gut, ich hätte meiner Frau den heiklen Sachverhalt etwas behutsamer vermitteln können, aber mit dem Gewitter, das dann über mich hereingebrochen ist, habe ich auch nicht gerechnet. Jedenfalls war der davor weit geöffnete Altar wieder zu, so schnell habe ich gar nicht schauen können:

- Gib mir sofort die Fernbedienung! Klick. Und die auch! Klick. Und jetzt erzähl! Und zwar schön langsam. Und von vorn.

Tat ich.

- Herr Hofrat? Ich bin ein wenig zu früh, ich weiß. Aber …

- Herr Gruber! (Erhebt sich von seinem Stuhl)
  Sehr erfreut! (Hebt beide Arme in die Höhe, ähnelt damit der Erlöserstatue über Rio, ist aber älter und dicker)
  Ein Momenterl geben Sie uns noch. (Hebt theatralisch den Kopf und deutet mit dem Kinn auf eine Schülerin, die mit hängenden Schultern in zwei Metern Entfernung vor seinem Schreibtisch steht)
  Die Frau Rosinger macht Ihnen sofort einen Kaffee, wir sind sofort für Sie da. Sofort.
  Ruft: Frau Rosinger! Einen Kaffee bitte für den Herrn Doktor Gruber.

15 Minuten später waren wir in medias res, wie der Grieche sagt.

- Es gab da diesen ... äh Vorfall. Ich denke, wir wollen das gar nicht überthematisieren.

Nach diesem Wort machte er eine entwaffnende Pause, stützte sich mit den Unterarmen auf der Tischplatte ab, schob die Hände unter sein Kinn und wartete. Was sollte ich tun?

- Ja, natürlich. Wir wollen das bestimmt nicht überthe... also, von mir aus können wir die Sache gern vergess...

Sofort begann sein Gesicht zu strahlen. Die kleinen Äuglein hüpften hinter der Hornbrille fröhlich hin und her.

- Dann sind wir uns einig. Wir wollten nur sichergehen, dass keinem daran gelegen ist, die Sache öffentlich zu machen. Es hat da nämlich aus dem Umfeld Ihres Sohnes bereits Gerüchte gegeben ..., aber lassen wir das. Aus kleinen Fehlern müssen wir nicht gleich große Tragödien machen, schließlich heißen wir nicht Shakespeare, hohoho.

Er lachte. Ich zwang mich zu einem Lächeln.

- Womit ich beim zweiten Punkt bin, der Ihren Sohn betrifft. Machen wir es kurz: Wir sind gewillt zu vergessen, dass er nun bereits die fünfte Klassenbucheintragung hat. Wir sind inzwischen der Meinung, dass die Sache mit diesen ... Ferkeleien nicht von ihm stammt. Wir haben uns das angesehen. Wir haben auch schon einen Verdacht, um wen es sich bei dem wahren Missetäter handelt. Wir sind ja nicht von gestern, wir haben da einen Schriftvergleich angestellt. Andererseits ...

Bei diesem Wort schleiften sich die rotierenden Äuglein des Direktors langsam ein, das Lächeln erstarb.

– Andererseits müssen wir hier eine gewisse Mitschuld Ihres Sohnes konstatieren. Wieso bearbeitet er das betreffende Arbeitsblatt nicht selber? Wie gelangt es in die Hände eines Mitschülers? Wieso meldet er nicht umgehend den Verlust oder gar Diebstahl des Papiers, und sei es nur, um das Arbeitsblatt noch einmal zu bekommen und seine Aufgabe fristgerecht zu lösen? Ist es nicht so, dass man Ihrem Sohn … äh, Laurin, nicht wahr? … den Vorwurf der groben Fahrlässigkeit machen müsste? Und wäre man übelmeinend, sogar den der Mittäterschaft? Jedenfalls machen wir uns hier so unsere Gedanken. Die Kollegin Zemann macht sich ihre Gedanken, der ist so etwas in den 30 Jahren, die sie nun Deutsch unterrichtet, nicht untergekommen. Auch die Kollegin Sibera macht sich Gedanken, sie ist durch diese … Ferkeleien am meisten verunglimpft worden. Sogar die Mädchen ihrer Turnklassen, mit denen sie traditionell ein … wie soll ich sagen … fast freundschaftliches Verhältnis hat, lachen hinter ihrem Rücken über sie. Und last but not least macht sich natürlich die von mir überaus geschätzte Kollegin Söllner ihre Gedanken. Hat sie sich als sein Klassenvorstand zu wenig um die Arbeitseinstellung Ihres Sohnes gekümmert? Hat sie zu wenig für das soziale Klima in der 3A getan? Wieso trägt ihre engagierte Elternarbeit keine Früchte? Wo bleibt die konstruktive Unterstützung der Eltern ihrer Schüler, auf die jeder Lehrer, aber insbesondere jeder Klassenvorstand, angewiesen ist? Wo die Loyalität? Gibt es denn keine Loyalität mehr, Herr Gruber?

– Doch, doch. Natürlich. Vielleicht sollte ich Ihnen aber …

– Lassen Sie uns noch diesen einen Satz sagen. Wir waren selber viele Jahre als Musiklehrer an einem privaten Gymnasium tätig, und ich sage immer, wir haben es in der Schule mit einem Triangel zu tun, dem Triangel Eltern – Lehrer – Schüler. Man kann es nur dann zum Erklingen bringen, wenn alle drei Seiten aus einem Stück sind.

– ---

– ---

– Ein schöner Vergleich.

– Ja, das meinen wir auch.

Und ach, noch etwas, bevor wir ... bevor, wie Sie ... Sie sehen!

An dieser Stelle hob er wieder den Kopf und deutete mit einer ausladenden Geste hinter mich, wo das Mädchen von vorhin, ohne dass ich es bemerkt hätte, gerade wieder Aufstellung genommen haben musste.

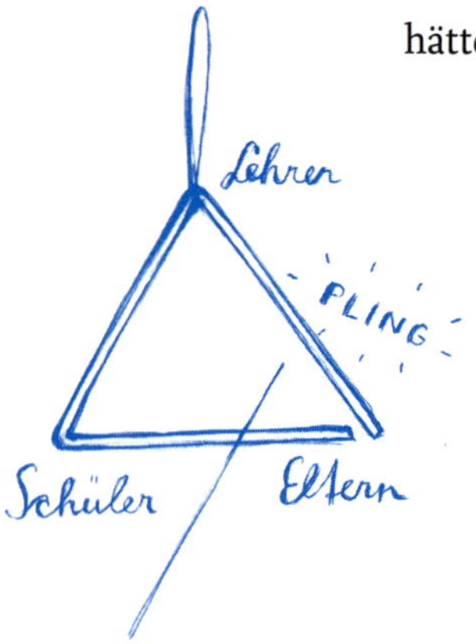

– Die Frau Kollegin Sibera würde es als Zeichen der Entschuldigung werten, wenn sich Laurin aktiv dazu entschließen könnte, seinen Beitrag zum Gelingen des großen Footballturniers im Sommer zu leisten.

– Lukas.

– Wie?

– Mein Sohn heißt Lukas, nicht Laurin.

– Ja natürlich, Lukas.

Es heißt, dass ... Lukas' Stärken weniger im sportlichen als im musisch-rhythmischen Bereich liegen, und da heutzutage selbst im Sport die Show regiert, denken Sie an diesen ... diesen Verrückten, der aus dem Weltall gesprungen ist ...

– Cheerleader.

– Cheerleader? Nein, der Mann war Österreicher, Oberöst...

– Nein, ich meine, ja, natürlich. Baumgartinger. Ein Verrückter. Da gebe ich Ihnen vollkommen recht. Nein, ich sprach von Lukas. Er soll das Footballturnier als Cheerleader ...

– Richtig. Cheerleader.

Die wahren Hauptakteure bei einem Footballmatch, wenn Sie uns fragen. Sagt jedenfalls die Kollegin Sibera – und die muss es ja wissen. Naja, wir haben uns verstanden.

Und schon stand ich wieder vor der Direktion.

– Und wo war jetzt von Lukas' Suspendierung die Rede?

– Hast du nicht zugehört?

– Und wie ich zugehört habe. Die Szene mit der drohenden Suspendierung hast du offenbar ausgelassen.

– Zum Kuckuck, das hat er zwischen den Zeilen gesagt. Er wird nicht sagen: Howdi, ich bin der Mafiapate und hier ist mein Deal, falls Ihnen daran gelegen ist, dass Ihr Sohn nicht suspendiert wird!

– Mafiapaten sagen nicht howdi. Und welcher Deal? Jetzt. Bitte. Was. War. Da. Zwischen. Den. Zeilen?
– Hab ich laut und deutlich gesagt, bevor du mir die Fernbedienung aus der Hand gerissen hat. Lukas gibt den Cheerlea…
– Das hab ich mitbekommen.
– … und bleibt an der Schule. Dafür vergesse ich, dass d… eine Lehrerin einen Schüler geohrfeigt hat. Und die Schule samt ihrem Hofrat kommt um eine Anzei…
– Wieso weißt du, dass eine Lehrerin einen Schüler geohrfeigt hat? Moment.
Lukas? Ist Lukas geohrfeigt worden?
– Nein, Schatz. Nicht Lukas. Ein anderes Kind. Ich hab's gesehen. Zufällig, auf der Straße. Ich habe es einfach zufällig gesehen. Und die betreffende Lehrerin hat wahrscheinlich gesehen, dass ich es gesehen habe, und so ist das ins Rollen gekommen.
– Welche Lehrerin? Die Sibera?
– Nein … eine … die du nicht kennst. Aber ich kenne sie. Jetzt.
Ich hab sie einmal gesehen, als ich vor der Schule gewartet habe. Als ich die Söll… Lukas bei seinem Ausflug in den Tiergarten begleitet habe.
Da war auch der Vorfall. Im Park vor der Schule.
– ---
– ---
– Du kannst ruhig sagen: die Söllner.
– Was? Ich meine, wieso? Wie kommst …
– Du kannst ruhig sagen, dass du die Söllner in den Tiergarten begleitet hast. Du hast ja nicht Lukas begleitet, sondern die ganze Klasse. Und damit eigentlich die Söllner. Und damit hast du eigentlich ihre Arbeit gemacht. Vor mir brauchst du diesen Trampel nicht zu schonen.
– ---
– Echt eine geschmiert? Das gehört aber doch angezeigt. Hätte sie eines meiner Kinder geohrfeigt, hätte ich bei der Schulbehörde ein Disziplinarverfahren angestrengt.
– Angestrengt? Heißt das so? Angestrengt?

- Wawa. Bitte!
- Dann würden sie Lukas suspendieren. Oder sie schicken ihn in die Haupt.
- NMS.
- Was?
- NMS. Es gibt heute fast keine Hauptschulen mehr. Sie heißen NMS. Neue Mittelschulen.
- Und woher weißt du das?
- Das liest man. Außerdem ist es dauernd im Fernsehen.
- Du meinst also, sie wollen ihn loswerden, nur weil er ein paar Klassenbucheintragungen hat?
- Sie werfen ihn aus der Schule.
- Eine Neue Mittelschule ist auch eine Schule.
- Schon. Aber keine, in die man geht, wenn man etwas anderes werden will als KFZ-Mechaniker oder Friseuse. Jedenfalls nicht in der Stadt.
- Kuaför. Kua-för. Stell dir vor. Genau so geschrieben. Habe ich vor ein paar Tagen am Schaufenster eines Friseurladens in der Wattgasse gesehen. Kuaför. Und dann wundern sie sich, dass die Kinder kein Deutsch mehr lernen.
- Friseur ist auch nicht deutsch.

► Neue Mittelschule (NMS) S 185

Irgendwann waren wir uns einig: keine Anzeige. Folglich keine Suspendierung. Und am Wochenende werden wir mit Lukas ein, zwei ernste Sätze sprechen, Zuckerbrot und Peitsche. Wenn er im Semesterzeugnis keinen Fünfer hat, kriegt er den neuesten Smart-Trottel. Und wenn er beim Cheerleaden mitmacht. Und wenn er beim Proben dafür sein Nasenpiercing heraustut. Und wenn ich nicht mehr täglich Dinge im Mitteilungsheft lesen muss, die mir Laune, Schlaf und unseren Quartal-Sex versauen.
Danach durfte der Altar wieder geöffnet werden. „Stargate Atlantis" mit Jewel Staite als Dr. Jennifer Keller, Synchronisation Petra Einhoff. Ein Hammer die Staite im schwarzen Top. Rein schauspielerisch betrachtet natürlich ☺.

E-Mail

Betreff: Sprechstunde
Von: „Reingard Söllner“ <reingard_soellner@gmx.com>

Reingard Söllner

Sehr geehrter Herr Gruber, *Montag, 22. November*

Entgegen meinen Gewohnheiten schreibe ich Ihnen heute ein Mail. Wie ich annehme, ist es Ihnen recht, wenn Lukas den Inhalt nicht kennt …

Ich habe Ihrem Wunsch entsprechend den Schülern heute noch einmal erklärt, dass Mobbing an unserer Schule keinesfalls geduldet wird und Schülern, die diesem Prinzip zuwiderhandeln, im schlimmsten Fall der Schulverweis droht. Selbstverständlich habe ich Ihren Sohn dabei nicht erwähnt und die Belehrung so angelegt, dass sie allgemein zu verstehen war. Lukas dürfte also nicht gemerkt haben, dass er der Anlassfall ist.

Ihrem Wunsch entsprechend, habe ich die Mutter des Schülers, den Sie mir genannt haben, Niko van Butte, mündlich vorgeladen (leider bin ich nur auf die Sprachbox gekommen). Eine schriftliche Vorladung durch Herrn Hofrat DDr. Weiser habe ich ebenfalls in die Wege geleitet.

Wie ich gehört habe, ist Ihr Gespräch mit unserem Herrn Direktor konstruktiv verlaufen. Menschen machen Fehler. Auch Lehrer sind davor nicht gefeit. Ich freue mich, dass Sie im Sinne eines gesunden Schulklimas darauf einwirken werden, dass die Sache nicht länger öffentlich bleibt. Ich habe mir sagen lassen, dass das Entfernen des Videos mit dem richtigen Passwort eine Angelegenheit von ein paar Minuten ist. Am besten Sie lassen das Lukas selber machen. In Informatik ist er ja, wie ich höre, nicht unbegabt!

Was ich am Donnerstag noch zu sagen vergaß: Das mit den Fotos ist geregelt. Der Fotograf hat die Bilder zurückgenommen, ohne dass Ihnen Kosten entstehen.

Mit freundlichem Gruß
Reingard Söllner

Walter Gruber *Habe Ihre Mail erhalten. Hätte ich per Mail antworten dürfen?*
Leider verstehe ich nämlich nur Bahnhof! Öffentlich bleibt? Video?
Bitte um Aufklärung! Gern auch per Mail! ☺
mfG Walter Gruber, Montag, 22. November

Ergänzung f man darf f!

Lukas ~~Ergäntzung~~ zur Schularbeit in Spanisch: ~~ph~~ neue Rechtschreibung Vater!
Vokabeln aus Lektion 3 kommen nicht! Dafür Biogra~~fie~~ Miguel Servantes.
Mir fehlt außerdem schon wieder die Füllfeder. Ich muss bis zur Spanisch-Schularbeit eine haben, sonst zählt die Schularbeit nicht, wenn man sie nicht mit Füllfeder schreibt.
U: wird gekauft, Walter Gruber

Gerlinde Zemann *23. 11.*
Ich freue mich, dass Lukas nun im Besitz eines Österreichischen Wörterbuchs ist. Ich darf Ihnen bei der Gelegenheit mitteilen, dass er beim letzten Grammatik-Test eine sehr gute Leistung geboten hat, so dass ich ihm ein „Befriedigend" geben konnte. Prof. Gerlinde Zemann

Walter Gruber *U: Das freut mich! Auch wenn ich mich frage, welche Leistung er bringen müsste, um ein „Sehr gut" zu bekommen* ☺. *Okay, er könnte damit beginnen, Cervantes richtig zu schreiben, aber das wäre dann auch Spanisch und nicht Deutsch.* ☺ ☺
mfG Walter Gruber, Dienstag, 23. November

Reingard Söllner *Sehr geehrter Herr Gruber!* *Mittwoch, 24. November*
Ich bitte Sie, mir Mitteilungen auch in Hinkunft in der gewohnten Form zukommen zu lassen.
Mit freundlichem Gruß
Reingard Söllner

Fairness
Privatsphäre
Schulpartnerschaft
3A
FRUST
Schnarch
hihi

14

C:\Users\Walter\Dokumente\LukasSchule\TagebuchadMitteilungsheft
Mittwoch, 24. 11.

Fuck.

Da ist ja wirklich voll nach hinten losgegangen. Aber jetzt weiß ich wenigstens, was Sache ist. Oh Lukas! Welches Karma hat sich da vor 13 Jahren dafür entschieden, ausgerechnet als mein Sohn wieder auf die Welt zu kommen! Allerdings hat sich die gute Frau Professorin in diesem Fall auch nicht gerade mit Ruhm bekleckert! „Die Belehrung so angelegt, dass sie allgemein zu verstehen war. Lukas dürfte nicht gemerkt haben, dass er der Anlassfall ist." Von wegen!

– Vater, du hast mich verraten. Das verzeihe ich dir nie!

– ---

– Alle lachen über mich. Jetzt ist es noch ärger. Und Niko wird alle gegen mich aufhetzen. WAS IST DIR DA EINGEFALLEN, FUCK!

– Beruhig dich und brüll nicht so!
Und was heißt eingefallen. Wovon redest du überhaupt?

– Tu nicht so. Du weißt genau, von was ich rede. Ich rede von dem ur peinlichen Vortrag von der Söllner über Fairheit im Internet und Privatsphäre und Schulpartnerschaft. Voll der Schrott. Und alle haben genau gewusst, das hat sie von dir.

– Fairness, heißt das, nicht Fairheit.
Von mir?

– LÜG NICHT! DU WARST VORIGE WOCHE ...

– LUKAS. BRÜLL NICHT!

– Du warst vorige Woche bei ihr. Ein paar haben dich gesehen. Du brauchst es gar nicht abstreiten. Und immer diese Kuverts. Ich werde deine Kuverts nicht mehr hergeben. Warum schreibst du nicht normal ins Mitteilungsheft. Alle anderen El...

– Warum ich nicht normal ins Mitteilungsheft schreibe? Weil ich dann mittlerweile zwei Telefonbücher ausgeschrieben hätte. Darum. Glaubst du vielleicht, ich steh drauf, deiner Lehrerin jeden zweiten Tag einen Brief zu schreiben?

– Wieso weißt du das mit dem Video überhaupt?

– ---

– ---

– Was mit welchem Video? Ich habe mit der S… deiner Frau Professor über diese Fotos gesprochen, die von meinem Sohn im Internet herumschwirren und ihn in roten Stöckelschuhen zeigen. Mobbing ist das, wenn du wissen willst, was ich davon halte. Darüber habe ich gesprochen.
Welches Video?

– ---

– Welches Video? Fuck!

– Du kannst dich doch erinnern, dass ich ein paar Lehrer beim Rauchen aufgenommen habe. Im geheimen Lehrerraucherkammerl.

– Natürlich kann ich mich daran erinnern. Sie haben dich dabei erwischt und dir den Smart-Trottel daraufhin abgenommen. Ich musste deswegen zu deiner Frau Klassenvorstand gehen.

– ---

– Lukas, du hast mir gesagt, sie haben die Fotos gelöscht.

– Aber ich habe noch ein kleines Video gehabt. Ich bin nämlich schon viel länger dort gestanden, als sie geglaubt haben.

– ---

– Und dann hab ich's bei Fac… Fakebook hineingestellt.

– ---

– Ich schwöre dir, die anderen haben das echt porno gefunden. Dass ich mich das traue. Sogar Niko hat sich gewundert, dass ich mich das traue. Zweihundert visits gleich am ersten Tag. Bis jetzt sind's fast dreitausend.

Und plötzlich habe ich begriffen. Der Termin beim Hofratdoktordoktor! Mein Gott, war ich blöd! Der Mann hat nie von der Ohrfeige gesprochen – der hat mit „Vorfall" Lukas' Video über das Raucherkammerl gemeint!

– Kann man das sehen? Live? Ich meine, online?

– Klar. Gemma rein? Ur geil. Ich schwöre.

– Sag das nicht so: Ich schwöre. Bist du Türkischmann?

Keine zehn Sekunden dauert die Szene. Alles in der Totalen. Ein Tisch – wackelt. Darauf ein Aschenbecher – wackelt. Drum herum vier, fünf mit Mühe als humanoid erkennbare Wesen – sie wackeln. Alles in einer Rauchwolke.

Eines der Wesen, wie an einer ziemlich ausladenden Oberweite erkenntlich weiblich, hebt sich von seinem Stuhl, beugt sich nach vor zum Aschenbecher auf dem Tisch, klopft die Zigarette ab, setzt sich ohne hinzufallen wieder hin. Im Hintergrund links ein wackelnder Kasten mit ... Steinen? ... Gläsern? ... Tierpräparaten?

– Sind das da im Hintergrund Tierpräparate?

– Tierwas?

Rechts hinten, wackelnd, unscharf, ein weißer ... Garderobenständer? ... Elefant?

– Und wenn man hineinkommt rechts, steht dort ein Elefant?

– Ein Skelett.

– Aha, ein Skelett. Von wem? Elvis?

– Was?

– War ein Scherz.

Und dann war der Spuk auch schon wieder vorbei.

- Dein Smart-Trottel hat mich 600 Euro gekostet und macht solche Videos? Da wird man ja seekrank.
- Ich hatte Stress, keiner durfte etwas merken.
  Es hat das vor mir noch keiner geschafft.
  Leider ist dann plötzlich der Hofrat Weiser hinter mir gestanden.
- Ich weiß.
- Fuck.
- Das kannst du laut sagen.
- Fuck.
- Ja, fuck.

Ich habe mir das zwei-, dreimal angesehen, um sicherzugehen: Zu erkennen war auf diesem Video niemand. Außer meinem Sohn. Nicht im Bild, aber als Verfasser des Texts in der vertrottelten Sprechblase unter dem Video: „Uns verbitten sie das Rauchen, aber selber haben sie ein geheimes Raucherkammerl“. Und dann der Name der Schule, sowie die Namen von fünf Lehrerinnen, die ich noch nie gehört hatte.

- Hast du den Text geschrieben?
- Jap!
- Verbieten, nicht verbitten.
- Egal. Man versteht voll, was ich meine.
- Was sind das für Lehrerinnen? Eure nicht. Oder?
- Nur die J. Rowling. Wir haben sie jetzt in Englisch, weil Miss Moss in Karenz ist.
  Aber sie kann nicht gut Englisch.
- Was, sie heißt Rowling und kann nicht gut Englisch?
- Sie kommt aus der Steiermark. Sie heißt Wunderbaldinger. Ihr Mann heißt Rowling. Aber nicht der von Harry Potter.
- Der heißt ja auch Potter.
- Ich meine die, die Harry Potter geschrieben hat.
- Ich weiß. War ein Scherz.
- ---
- Aber dass sie ausgerechnet J. heißt?
- Johanna.
- Johanna? Wirklich?

- Wirklich.
- Dann also eh J. Bestimmt hat er sie deswegen geheiratet.
- Weil sie Johanna Wunderbaldinger heißt?
- Nein, weil sie J. heißt. J. Rowling.
- Sie heißt aber richtig Wunderbaldinger.
- Vergiss es.
- ---
- Und du tust das Video jetzt wieder raus da! Ganz raus, verstehst du? Du vernichtest es. Jetzt. Haben wir uns verstanden?
- Muss ich?
- Du musst.
- ---
- ---

- Okay, dafür darf ich mit Niko in den Semesterferien nach Sri Lanka fahren.
- Du spinnst wohl, dass du glaubst, du kannst hier Bedingungen stellen. Sei froh, dass du nicht von der Schule fliegst.
Außerdem fahren sie nicht.
- Wer fahrt nicht.
- Fährt. Es heißt: Wer fährt nicht.
Sie fahren nicht. Niko und seine Mutter fahren nicht nach Sri Lanka. Frag deine Mutter. Niko fährt auf Schikurs.
- Wer sagt das?
- Dann frag Niko, wenn du mir nicht glaubst.
- Morgen frag ich Niko. Aber wenn er fahrt … fährt, darf ich dann mitfähren … fahren?
- Frag ihn zuerst einmal.
- Gut, ich frag ihn.

Doch damit war das Unheil an diesem Tag noch nicht vorbei. Ich endlich beruhigt und mitten im Kochen. Nudeln mit Ei und Rosmarin. Dazu griechischer Bauernsalat mit frischem Basilikum. Ein, zwei, drei Gläschen Retsina hatten mich in mediterrane Stimmung gebracht, während der Thermostat dafür sorgte, dass die Wohnung die dazu passende Raumtemperatur bekam. Die Nachrichten waren vorbei, enttäuschenderweise mit Nadja Soundso statt mit Marie-Claire Zimmermann. Krank? Urlaub? Zu einem Privatsender gewechselt? Der Altar war ordnungsgemäß geschlossen, die Kinder saßen im Schlafzimmer vor einer DVD („Der Polarexpress“, Robert Zemecki-so-lala-Film, Tom Hanks außer Form) und stritten nicht. Bine musste jeden Augenblick von der Arbeit nach Hause kommen. Und wie sie kam! Schnurstracks in die Küche. Ohne auch nur den Mantel abgelegt zu haben.

– Walter, wie kommst du dazu, in der Schule Stimmung gegen Frau van Butte zu machen? Wenn du mit Nikos Mutter ein Problem hast, musst du mir das sagen. Aber so – hinter meinem Rücken. Ehrlich, was ist denn da in dich gefahren!

Einen zweiten Frontalangriff auf deine Stimmung innerhalb weniger Stunden musst du einmal verdauen. Da half, gluck, nur noch mehr Retsina.

– Erstens schrei bitte nicht so. Und zweitens bin ich, wie du siehst, mitten im Kochen. Könntest du also wenigstens warten, bis wir sitzen?
– ... und Lukas alles mithören kann? Sehr gut, setzen, Herr Supervater.
– Bitte! Bine! Du siehst doch, ich koche. Da muss ich mich konzentrieren.
  Geh doch duschen, dann reden wir.

Sie ging duschen, blieb auch eine Weile – gluckgluckgluck! –, aber sie kam wieder. Setzte sich im Bademantel auf den Küchenhocker und starrte mir in den Rücken. Immerhin schrie sie nicht mehr. Dafür konnte ich im Nacken spüren, wie sie hinter meinem Rücken den Bogen spannte. Schon der erste Pfeil traf.

– Ich sehe, dass du Hörnchennudeln abseihst und, lass mich raten: später dann noch drei Eier darüber schlägst. Das nennst du kochen? Dafür musst du dich konzentrieren?
– Bine! Musssas sein?
– Muss es sein, dass mich Barba… Frau van Butte völlig aufgelöst anruft und mir mitteilt, dass du in der Schule ihren Sohn anschwärzt? Noch dazu völlig ungerechtfertigt.
Da baue ich Lukas zuliebe mühsam eine Beziehung zur Mutter seines besten Freundes auf, und du gehst her und machst mit ein paar blöden Sätzen alles kaputt. Die ist total sauer auf uns. Zu Recht. Weißt du eigentlich, dass das eine alleinerzieh…
– Besssen Freunds? Dass ich nichlache.
– Barbara hat deinetwegen eine Vorladung in die Direktion bekommen.
– Barbara. Aha! Duist mit der Mutter meins Todfeinds, also du bist mitr Mutter unsrs Todfds per du?
– Bist du betrunken?
– Ich binnichbetrnkn, ich bin in Vorweihnachsschiimmng.
– Du wirst das wieder gutmachten, hörst du? Du wirst dich entschuldigen.
– ’schuligung.
– Nicht bei mir, bei ihr.
– Beiwm?
– Ich muss dir in diesem Zusammenhang dann noch etwas sagen. Aber nicht jetzt, denn ich sehe, du bist stockbetrunken!
– Wiesssoll ich betrunknsn? Ich binnich …
– Weil du lallst. Und seit zehn Minuten den Schafkäse abseihst.

Mitteilungsheft

Reingard Söllner *Sehr geehrter Herr Gruber!* *Donnerstag, 25. November*
Leider ist zwischen Ihrem Sohn Lukas und Niko van Butte jetzt ein offener Konflikt ausgebrochen. In Turnen ist es heute zu einer Rauferei gekommen, bei der es vermutlich nur deswegen keine gröberen Verletzungen gegeben hat, weil Frau Prof. Sibera den Schulwart zu Hilfe gerufen hat.
Dem Vernehmen nach hat Lukas wieder mit dem Streit begonnen.
Ich werde beide Buben morgen zu unseren Streitschlichtern schicken. Sollte das nichts nützen, schlage ich ein Gespräch aller Beteiligten vor.
Vielleicht gelingt es Ihnen, Kontakt zu Frau van Butte herzustellen, auf meine Nachricht auf ihre Sprachbox hat sie leider bisher nicht reagiert.
Reingard Söllner

Walter Gruber *U: Walter Gruber*

Ulrike Sibera *Sehr geehrte ~~Frau~~ Herr Gruber!*
Wie Ihnen meine Kollegin Söllner oben bereits mitgeteilt hat, hat sich Lukas gestern in BS völlig daneben benommen. Er ist ohne Anlass auf einen Mitschüler losgegangen und hat ihn im Gesicht mehrere Kratzwunden zugefügt! Möglicherweise ist diese Verletzung aber auch durch das Nasenpiercing von Ihrem Sohn entstanden. Weil Sie auf meine Warnungen bis jetzt nicht reagiert haben, habe ich mich dazu entschlossen, Niko vorerst von Turnen auszuschließen. Leider werde ich ihn dann aber in BS auch nicht positiv abschließen können. Und ohne positivem Abschluss im Jahreszeugnis kann er mir in Turnen nicht in die nächste Klasse aufsteigen!!!
Da ich durch die Abwesenheit von Fr. Prof. Gutierrez dieses Jahr unser traditionelle Krippenspiel betreue~~n m~~, bitte ich Sie mir zu bestätigen, dass Lukas daran teilnehmen darf. Er soll in einer Szene (das Erscheinen von den drei Weisen aus dem Morgenland) eine kleine Rolle übernehmen.
Ulrike Sibera

Walter Gruber *U: Ja, schließen Sie Niko nur aus. Ich habe absolut nichts dagegen, wenn er Ihnen nicht aufsteigen kann. W. Gruber*

Ulrike Sibera *Ich korrigiere mich, ich meinte natürlich Lukas.*

Walter Gruber *Hab ich mir fast gedacht ☺. Und nein, gegen die Mitwirkung meines Sohnes Lukas an einem Krippenspiel habe ich keine Einwände. Gegen ein „Nicht genügend" in Turnen mit Verlaub schon (☺ ☺). Ein ausführliches Schreiben an Sie zu diesem Thema liegt als Computerausdruck bei, meine Handschrift will ich auch Ihnen nicht zumuten.*
Mit freundlichem Gruß, Walter Gruber

Walter Gruber
per Computerausdruck

Sehr geehrte Frau Sibera,

Lassen Sie mich bitte Klartext reden: Ich weiß, dass Lukas sportlich eine Niete ist. Er hat die Statur und Figur meiner Frau geerbt, die – das möchte ich hinzufügen, durchaus einem Schönheitsideal entspricht, leider einem inzwischen vergangenen. Ich weiß nicht, ob Marilyn M. einen Felgeaufschwung geschafft hätte (ohne Windkanal ☺), ich weiß auch nicht, wie behände sie über den Bock gekommen wäre – ich kann mir aber gut vorstellen, dass mein Sohn seine zähligen bzw. überzähligen Kilo nur sehr zäh in Bewegung bringt, möglicherweise versucht er es inzwischen nicht einmal mehr. Er hat außerdem, wie man so sagt, zwei Linke – und zwar oben wie unten. Kurz gesagt: Er bringt für einen guten Turner die körperlichen Voraussetzungen ganz eindeutig nicht mit.

Dennoch halte ich Ihre Entscheidung, ihn anlässlich eines Footballturniers als „Cheerleader" (sollte ich sagen: Cheerleaderin?) einzusetzen, für, verzeihen Sie bitte, suboptimal. Glauben Sie, dass es dem Selbstwertgefühl pubertierender 13-jähriger Buben dienlich ist, im Kostüm (denken Sie an ein Röckchen? Haben Sie bedacht, dass er eine Übergröße bräuchte? Welches Makeup würde denn mit seinen langen Wimpern harmonieren?) das Spielfeld auf- und abzutänzeln, während andere aus der Klasse im coolen Helm das Ei schlagen dürfen?

Ja, Lukas hat ein Problem mit seinem Gewicht. Und sein sehnlicher Wunsch, sich das Gesicht mittels Nasenpiercing zu verunstalten (er sieht es naturgemäß als Verschönerung) hängt wohl auch damit zusammen, dass er von seiner Figur ablenken will.

Womit ich beim nächsten Punkt bin: dem leidigen Piercing, das er im Turnunterricht offenbar nicht abnehmen will. Frau Prof. Söllner hat mir seit längerer Zeit Ihren Anruf in Aussicht gestellt, sonst hätte ich mich in dieser Sache bestimmt schon aktiv an Sie gewandt. Meine ehrliche, vielleicht naive Frage: Stört ein ringförmiges Piercing (genaugenommen handelt es sich um einen Nasen-Ring-Stecker mit einem Durchmesser von ca. 6 Millimetern) wirklich im Turnunterricht? Wie oft ist es denn tatsächlich zu einem Kollateralschaden gekommen?

Und jetzt die inkriminierte Rauferei: Glauben Sie wirklich, dass Kratzwunden im Gesicht eines Schülers von einem Silberringlein verursacht sein können?

Höflich will ich Sie daher bitten, ihn nicht vom Turnunterricht auszuschließen. Er hat uns sein Versprechen gegeben, das Piercing ab sofort in Turnen abzustecken. Auch für Spanisch lernt er bereits. Cervantes wird jedenfalls kein spanisches Dorf für Lukas sein. ☺

Ach ja: Lukas hat uns erzählt, dass er für das Krippenspiel, das Sie einstudieren – Szene: die Weisen aus dem Morgenland – ein rein gelbes Kostüm braucht. Soll auch die Krone gelb sein? Ich könnte die Utensilien (Gold? Weihrauch? Myrrhe?) über das Wochenende besorgen.
Mit freundlichem Gruß, Walter Gruber, am 29. 11.

Walter Gruber
er Computerausdruck

Sehr geehrte Frau Söllner,
Nachdem ich eben Frau Prof. Sibera geschrieben habe, um meinem Ärger Luft zu machen, habe ich mich entschlossen, nun auch Ihnen etwas ausführlicher zu schreiben. Dabei beziehe ich mich auf Ihre Mitteilung vom 25. 11. Ich bin über Ihre Wortwahl darin offen gestanden not amused. „Dem Vernehmen nach" hat Lukas „wieder" mit dem Streit begonnen. Von wem haben Sie denn vernommen? Von Frau Prof. Sibera, die meinen Sohn vom Turnunterricht ausschließen will, weil er ein Nasenpiercing trägt? Jener Frau Sibera, die pubertierende Knaben zu Cheerleadern und damit zum Gespött der ganzen Klasse macht? Und was, bitteschön, heißt „wieder"? Wie viele Raufereien hat es denn heuer in der Schule schon gegeben, in die mein Sohn verwickelt war? Ich weiß von keiner.
Höflich verweise ich in diesem Zusammenhang jedoch auf den Auftritt von Niko van Butte anlässlich des Lehrausgangs in den Tiergarten – wir wissen, worüber ich spreche ☺.
Uns gegenüber beteuert Lukas, dass Niko van Butte mit dem Streit begonnen hat. Leider will er uns den genauen Hergang der Auseinandersetzung nicht schildern. Wie ich annehme, ging es (siehe Mobbing männlicher Cheerleaderinnen) um jene Fotomontagen, die meinen Sohn in Stöckelschuhen zeigen und damit zum Gespött der kleinen globalen Welt „da draußen" machen. Ich hatte gehofft, Ihnen bei unserem letzten Gespräch klarmachen zu können, dass hier Handlungsbedarf besteht. Auch muss ich Ihnen in diesem Zusammenhang mitteilen, dass Ihre gut gemeinte Intervention bezüglich Mobbing schwer schiefgegangen ist. Lukas hat sehr wohl mitbekommen, dass Ihr Vortrag auf ihn gemünzt war. Er hat sich von mir verraten gefühlt. Ein wenig mehr Sensibilität wäre hier angebracht gewesen. Ich bitte Sie hiermit als seinen Klassenvorstand höflich, Ihrem Schüler Lukas mehr Rückendeckung zu geben. Ihm droht, wie Sie wissen, ein katastrophales Semesterzeugnis. Wir haben daher entschieden, Ihrem Rat zu folgen und Lukas zunächst einmal in Mathematik so rasch wie möglich Nachhilfeunterricht zukommen zu lassen. Ich denke jedoch, dass seine Lernleistung ganz entscheidend

von den Begleitumständen abhängt, die da sind: das Klima in der Klasse, insbesondere seine Stellung im sozialen Gefüge der Klasse (die übrigens durch einen Job als „Cheerleaderin" bestimmt keine bessere wird), aber auch von dem Vertrauen, das wir alle in ihn setzen.
Ich halte meinen Sohn trotz aller Schwierigkeiten, die er Ihnen und, glauben Sie mir!, auch uns bereitet, für ein sehr gelungenes Exemplar von einem Menschen. Er ist klug, er hat Sinn für Gerechtigkeit, er behandelt Menschen meistens fair, zumindest die, die einen anderen Familiennamen tragen ☺. Er ist aufrecht und gerade gewachsen. Gut, er hat keinen Waschbrettbauch, aber den hatte Elvis auch nicht, und manche bezeichnen Lukas trotz seines in den letzten Jahren überproportional gestiegenen Body-Mass-Index sogar als gutaussehend.
Lukas rauft. Ja, jetzt sogar schon mit einem Mitschüler. Aber vor allem rauft er mit sich selber. Und letztlich tut Lukas nur das, was jedes normale Kind in seinem Alter tut: Er versucht verzweifelt, erwachsen zu werden.
Helfen Sie ihm bitte dabei.
Mit freundlichem Gruß
Walter Gruber, am 30. 11.

Ulrike Sibera *Sehr geehrter Herr Gruber!*
Danke für Ihren langen Brief. Ich werde ihm im Verlauf der nächsten Tage lesen und beantworten.
Ich freu mich, dass Lukas bezüglich dem Piercing jetzt Verständnis und Rücksicht gegenüber seiner Klasse zeigt.
Und nein, eine Krone ist bitte nicht nötig! Auch keine anderen Utensilien.
Ich darf bei der Gelegenheit darauf aufmerksam machen, dass das Krippenspiel von unseren Herrn Direktor für den 9. Dezember festgesetzt wurde. Das ist Donnerstag nächster Woche. Wie üblich um 16 Uhr im Stiegenhaus vor der Direktion.
Ulrike Sibera

Lukas A-Blätter zum ~~ü~~Üben für die Spanisch-Schularbeit sind in der Mappe. ~~S~~Cervantes kommt doch noch nicht. Ser – estar. Preguntas con que oder quien. ¿Que es? ¿Como es? Numerales. Gentilicios.

U:

Lukas Mir fehlen in GZ noch drei Zeichenblätter. Außerdem neue Mienen für den Zirkel kaufen!

U:

Lukas Am kommenden Freitag, den 3. 12., habe ich mein D-Referat. Thema: „Weihnachtsmann oder Christkind? – eine himmlische Auseinandersetzung". Kein Plakat. Powerpoint-Präsentation oder computerunterstützter Vortrag.

U:

sie nennen es

Mädelstörn …

15

C:\Users\Walter\Dokumente\LukasSchule\TagebuchadMitteilungsheft
Donnerstag, 2. 12.

War eh. Wenn ich das schon höre: War eh. Saublöde Antwort. Mit „war eh“ hat es heute begonnen.

- Wie war Spanisch?
- Was meinst du?
- Hattest du heute nicht Spanisch-Schularbeit?
- Ja, war eh.
- ---
- ---
- Hör zu! Dass sie eh war, weiß ich. Ich will wissen, wie es war. Zum Kuckuck! Und leg endlich deinen Smart-Trottel weg!
- Ich muss Niko schreiben.
- Du musst Niko gar nichts. Du siehst ihn eh jeden Tag in der Schule. Seid ihr denn wieder Fr…
- Aber nicht mehr lange. Seine Mutter will, dass er die Schule verlässt. Obwohl er der Klügste von allen ist.
- Die Schule verlässt? Und warum, wenn er so gut ist?
- Klug hab ich gesagt, nicht gut.
- Also klug.
  Und warum will seine Mutter also, dass er die Schule verlässt?
- Frag die Mutter.
- Die Mutter? Was soll ich „die Mutter“ fragen. Und sag nicht „die Mutter“. Wie das klingt: „die Mutter“. Und warum soll ich deine Mutter fragen?
- Sie fahren gemeinsam weg.
- Wer fährt weg.
- Die Mu… Mami und Nikos Mutter.
- ---
- Ich hab mir eh gedacht, dass du es nicht weißt. Sie fahren in den Semesterferien nach Sri Lanka. Und Niko muss deswegen auf Schikurs fahren, obwohl er gar nicht will. Und er glaubt, es war meine Idee. Damit er mir Snowboard beibringt.

- Sie fahren wo hin?? Deine Mami? Und Nikos Mutter? Nach Sri Lanka?
- Gecheckt. Und weißt du, wie sie es nennt: Mädelstörn.
- Wie nennt sie es?
- Niko sagt, Mami nennt es Mädelstörn. Voll Caritas, echt.
- Und du bist sicher, dass Niko von deiner Mutter spricht?
- Ja, fuck, und jetzt muss er auf den Schulschikurs fahren, dabei hasst er die Sibera, und er glaubt, es war meine Idee, weil ich will, dass er mir Snow...
- Das hast du schon gesagt.
- Aber es war nicht meine Idee. Es war ihre Idee.

So erfährst du Donnerstag zu Mittag, wenn draußen der raue Novemberwind pfeift und drinnen die Maroni im Backrohr nichts werden, weil du vergessen hast, die Schalen einzuschneiden, dass dich deine Frau mit der Mutter des erstbesten Mitschülers deines Sohnes betrügt und im Winter statt mit dir nach St. Johann im Pongau mit ihr nach Sri Lanka fährt.

Beim Abendessen wollte ich sie zappeln lassen. Denkst du, wenigstens das ist gelungen? Dabei, die Kinder waren bereits abgespeist und per „Spiderman"-DVD in ihre Zimmer verfrachtet („The Amazing Spiderman", der alte Martin Sheen als Ben Parker, noch traurigere Performance als Sohn Charly) und der Altar verärgert geschlossen, als statt Maire-Claire Nadja Soundso begann, die Nachrichten anzuteasen. Da hörte ich Sabine ihren Nissan einparken.

- Du schaust heute nicht Nachrichten, Wawa? Was ist los?
- Nase voll von bad news. Und sag bitte nicht Wawa.
- ---
- ---
- Welche bad news?
- Zum Beispiel hat Lukas heute vermutlich seine Spanisch-Schularbeit versemmelt.
- Und wieso hat er sie versemmelt?
- Weil er zu wenig gelernt hat? Weil er für eine Schularbeit allgemein nicht lernt und für eine mit Frau Prof. Sibera im Besonderen nicht? Und weil er, wenn er einmal etwas lernt, ungerechte Noten bekommt? Vielleicht deswegen?

– Ungerechte Noten?

– Ja. Ungerechte Noten. Das war die nächste bad news des heutigen Tages. Er hat mir den Geografie-Test einer Ana-Lena nach Hause mitgebracht. Die haben exakt dieselben Antworten nicht gewusst – und trotzdem hat Ana-Lena ein „Gut“ auf den Test bekommen und Lukas ein „Genügend“. Ein „Minus Genügend“ sogar.

– Wawa, mach dich nicht lächerlich! Das glaubt Lukas immer. Das geht seit der Volksschule so.

– Er ist neben ihr gesessen. Er sagt, sie hat ihm alles eingesagt, Wort für Wort. Und was sie ihm nicht einsagen konnte, hat er von ihr abgeschrieben.

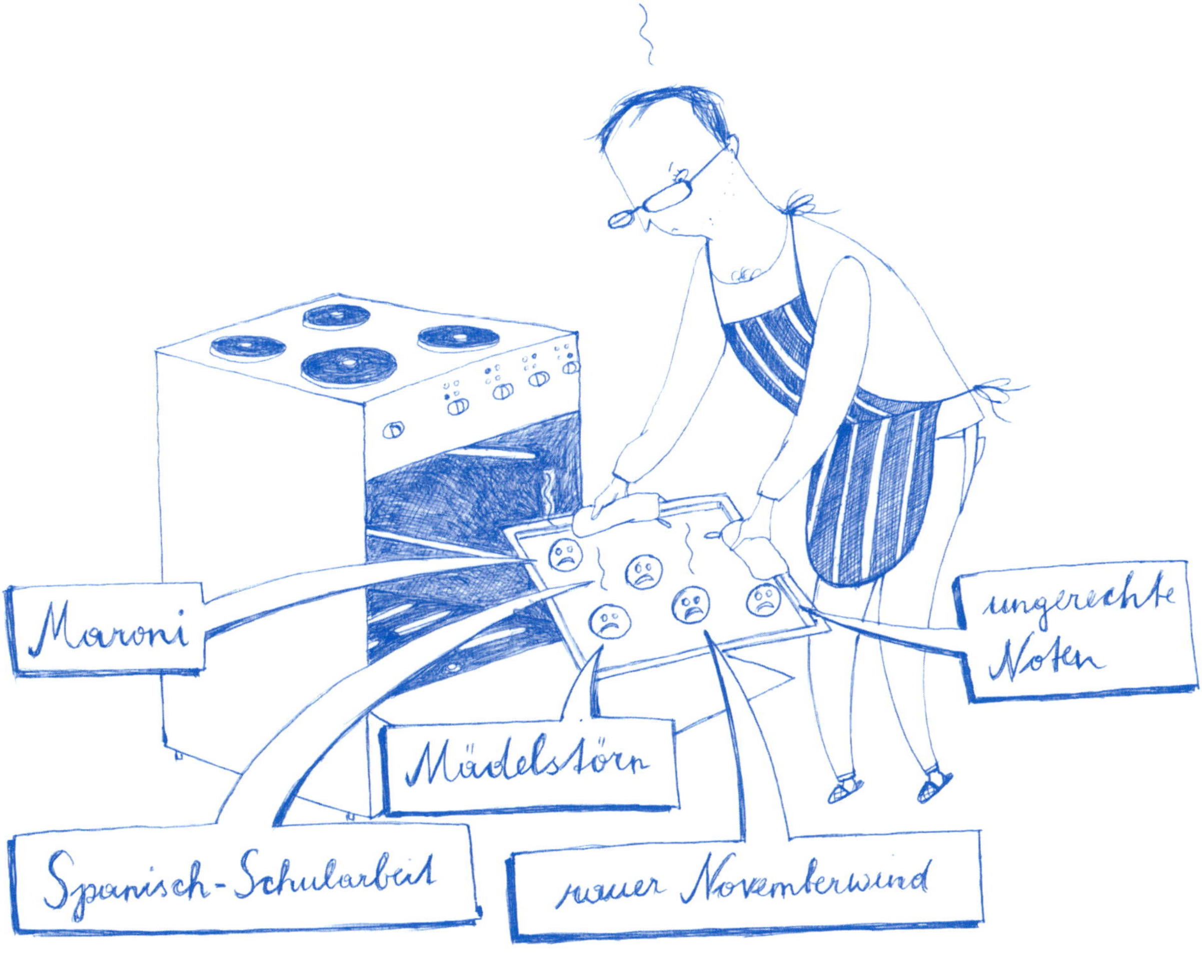

- Dann hat er das „Genügend“, pardon, das „Minus Genügend“, vermutlich für sein Abschreiben bekommen.
- Nein, die Lehrerin hat es nicht gemerkt. Sie hat die ganze Stunde gesmst.
- Sie hat was?
- Sie hat die Testfragen ausgeteilt und dann die ganze Stunde gesmst. Es war nicht ihr Test. Sie war Supplierung für die Zemann, weil die Zemann krank ist.
- Okay, Wawa, ein „Genügend“ auf einen Test in Geografie ist jetzt auch nicht der Weltuntergang.
- Bine, lass bitte den Wawa!
- Gut.
  Walter.
  War’s das?
- Nein. Weil am Allerwitzigsten finde ich, dass sich Lukas neuerdings mit Niko van der Butter schlägt.
- ---
- Hast du mich verstanden?
- Sie heißt van Butte. Mit ö gesprochen. Bötte.
- Und weißt du auch, warum er sich schlägt?
- Ich weiß, dass sie momentan nicht sehr gut miteinander können.
- Aha. Das weißt du. Von wem weißt du das? Von mir weißt du es jedenfalls nicht. Weißt du es vielleicht von seiner Mutter? Habt ihr vielleicht darüber gesprochen, als ihr im Reisebüro wart und eure Sri-Lanka-Reise gebucht habt?
- ---
- ---
- Walter! Bitte!
- Was heißt Walterbitte.
- ---
- ---
- Ich wollte es dir unlängst sagen, aber du warst ja stockbetrunken. Außerdem bucht man heutzutage online.
- Du fliegst also wirklich nach Sri Lanka. Und das hältst du nicht für so wichtig, dass du es vorher mit mir besprichst?

– Ich bespreche es ja gerade mit dir.
– Nein, ich bespreche es mit dir.
– Walter, spiel jetzt nicht Sprachpolizei!
– Sri Lanka? Wie kommst du, fuck, auf Sri Lanka? Ausgerechnet in den Semesterferien. Und was sollen dann bitte wir in den Ferien machen?

– ICH WILL AUCH NACH SRI LANKA. ALLE FAHREN NACH SRI LANKA. UND ICH MUSS MIT PAPI ZU HAUSE BLEIBEN.

– Laura, beruhig dich. Lukas fährt nicht nach Sri Lanka.

– WARUM FAHR ICH NICHT NACH SRI LANKA?
DU FAHRST AUCH NACH SRI LANKA.
WARUM KÖNNEN NIKO UND ICH NICHT AUCH NACH SRI LANKA FAHREN. FUCK!

– Kinder, brüllt nicht so! Es muss ja nicht das ganze Haus in unsere Urlaubspläne eingeweiht werden!
– Richtig, es wäre schon toll, wenn wenigstens ich in unsere Urlaubspläne eingeweiht werden würde.

– Ich will auch das Tolle! Wieso darf Lukas schon wieder etwas Tolles und ich …

– Halt die Klappe, Laura! Es geht jetzt ausnahmsweise einmal nicht um dich, sondern um mich.

– Nein, Lukas, es geht jetzt auch nicht um dich. Es geht jetzt um deinen Vater und mich. Und sag zu deiner Schwester nicht „Halt die Klappe!“
Und überhaupt Klappe jetzt beide!
– Das ist jetzt aber sehr wohl nicht nur eine Sache zwischen dir und mir, liebe Sabine. Lukas sagt, dass Niko glaubt, dass er jetzt nur deswegen nicht nach Sri Lanka mitfahren darf, weil du mit seiner Mutter fährst, und außerdem glaubt er, dass es die Idee unseres Sohnes war, damit ihm der …
– Beim Snowboarden hilft. Ich weiß. Barbara hat es mir schon erzählt.
– Und?
– Ich hab ihr gesagt, sie soll das aufklären.
– Wie aufklären.
– Dass er nicht deswegen nicht fahrt, weil wir zwei Mütter fahren.

- Fährt.
- Fliegt.
- ---
- Schau. Dass Niko nicht mitfliegt, liegt zunächst einmal an Niko selber. Der Bub hat eine Krise. Vielleicht fehlt ihm der Vater. Vielleicht ist er in der Schule unterfordert. Sein Psychologe sagt, ein paar Tage Abstand von seiner Mutter würden ihm guttun. Barbara überlegt sogar, ihn in der Popper-Schule anzumelden.

► Popper-Schule S 186

– Wenn Niko in die Potterschule geht, will ich auch.

- Ruhe!
- Ruhe!
- Um genau zu sein, hat man Barbara nahegelegt, ihn von diesem Gymnasium zu nehmen. Angeblich bringt er das soziale Gefüge durcheinander. Stell dir vor! Die Arme ist ganz verzweifelt.
- Na und?
- Schau, Waw... Schatz, die Frau ist total fertig mit den Nerven. Da hat sie mich gefragt, ob ich nicht ein paar Tage ... und weil ja Lukas in der Woche sowieso auf Schikurs ist, hab ich mir gedacht, ich ... also dass ich sie ...
- Auf einen Mädelstörn begleiten könnte.
- Auf was?
- Mädelstörn. So nennt ihr das doch. Tu nicht so! Ich weiß es von Lukas. Seine ganze Klasse redet davon. Mädelstörn – zwei fast 40-jährige Frauen. Ist dir das nicht peinlich!?
- Und ihr mit euren Segeltörns? Fast 50-jährige Männer, die Glückshormone ausschütten, wenn sie Dosenravioli essen, ins Meer pinkeln und vor dem Schlafengehen per Armdrücken entscheiden, wer das Einzelbett bekommt?
- Erstens ist keiner von uns „fast fünfzig", der älteste bin ich und ich wurde, wie du vielleicht noch weißt, vor wenigen Monaten 47. Und wieso kommst du darauf, dass wir ins Meer pinkeln?
- Weil du es mir selber erzählst hast. Und was soll daran peinlich sein, dass die Mütter zweier Schulfreunde gemeinsam auf Urlaub fahren?
- ---

– Es ist mein erster Urlaub ohne Kinder seit sieben Jahren. Du warst in der Zeit drei oder vier Mal mit deinen Männerfreunden fort. Da waren, wenn ich dich erinnern darf, zwei Mal Kroatien, dann war da Malt...

– Ich fahr nicht nach Kroatien!
Wenn ich wieder nach Kroatien fahren muss,
lern ich überhaupt nichts mehr.
Und wenn ich von der Schule fliege, ist mir das auch egal.
Ich will eh viel lieber auf die Potterschule.

– ---

– ---

– Du, Walter.
Und wieso glaubst du jetzt echt, dass Lukas seine Spanisch-Schularbeit vergeigt hat?
– Weil ich das letzte Spanisch-Arbeitsblatt bei ihm gefunden habe.
– Und?
– Yo soy bueno! Weißt du, wie er das übersetzt hat? Mit: „Ja, sagt die Sojabohne". Ich kann zwar nicht Spanisch, aber dass das nicht stimmt, weiß sogar ich.
– Sojabohne? Wie kommt der auf Sojabohne?
– Das Ergebnis deiner gesunden chinesischen Küche.
– Yo soy bueno? Was soll das heißen? Mir geht es gut? Das sagt man so gar nicht. Estoy bueno, müsste das heißen, oder besser: Estoy bien. Mir geht es gut: Estoy bien!
– Die Spanisch-Lehrerin kann „Mir geht es gut" nicht auf Spanisch? Bist du sicher?
– Sicher bin ich sicher.
– Damit gehen wir zum Hofratdoktordoktor.
Bist du wirklich sicher?
– Wawa, ich kann Spanisch. Jedenfalls so viel, dass ich weiß, dass „mir geht es gut" „estoy bien" heißt. Wawa, damit gehen wir zur Schulbehörde. Das ist doch ein Skandal.
– Der Skandal ist, dass die Sibera nicht einmal Deutsch kann.
– Wieso kann die nicht Deutsch?
– Weil sie die Fälle nicht kann. Den dritten nicht. Und vom zweiten

weiß sie vermutlich nicht einmal, dass es ihn gibt. Der Dativ ist dem Genetiv sein Tod, verstehst du?

- Nein, versteh ich nicht.
- „Ihn“ statt „ihm“. Und „dem sein“ statt „dessen“. Soll ich dir ihre letzte Mitteilung zeigen? Das glaubst du nicht.
- Die schreibt jetzt auch schon Mitteilungen?
- Hat sie vorher nicht?
- Nie! Die ist bitte Turnlehrerin! Was soll bitte eine Turnlehrerin schon groß für Mitteilungen schreiben!?!
- Über ein Krippenspiel zum Beispiel, in dem unser Sohn einen der Heiligen Drei Könige abgeben wird.
- Echt? Einen der Heiligen Drei Könige?
- Echt. Ich glaub, das wird Lukas aufbauen.
- Gratuliere!
- Mir?
- Ihm.
  Dir auch.

Da sind wir uns bereits in den Armen gelegen. Ein Kuss. Und dann noch einer. Und dann war es fast wie früher, als es noch fast jeden Tag war. Nur dass ich diesmal vor dem Einschlafen schon noch unter die Dusche gegangen bin. ☺

Vorweihnachtsvorsatz: Ich muss zu Lukas’ Lehrerinnen ab sofort wieder freundlicher sein!
Bei Zuwiderhandeln zehn Mal schreiben: „Ich muss zu Lukas’ Lehrerinnen ab sofort wieder freundlicher sein.“

Reingard Söllner *Sehr geehrte/r Herr/Frau Gruber !* *Donnerstag, 2. Dezember*

Der letzte Elternsprechtag in diesem Semester findet, wie am Anfang des Jahres bekanntgegeben, am kommenden Donnerstag, dem 9.12., im Anschluss an das Krippenspiel statt. Wir bitten Sie, die in der beiliegenden Namensliste angegebenen Zeitfenster pünktlich einzuhalten, um lange Wartezeiten vor den Klassenräumen zu verhindern.

- ~~*Selbstverständlich freuen wir uns über Ihren Besuch, auch wenn dieser auf Grund der positiven Leistungen ihres Kindes nicht nötig ist.*~~
- ~~*Bitte kommen Sie unbedingt zu jenen Professoren und Professorinnen, hinter deren Namen Sie ein Hakerl finden.*~~
- *Wir bitten Sie, zu allen Klassenlehrern zu kommen.*

Mag. Reingard Söllner

PS: Eine Antwort auf Ihr Schreiben vom 30. 11. liegt in einem verschlossenen Kuvert bei.

Walter Gruber *U: gesehen, Walter Gruber, am 3. Dezember, aber leider liegt eine Antwort auf mein Schreiben vom 30. 11. nicht bei.*

Lukas 3. 12.

Ich habe auf die Spanisch-Schularbeit ein Nicht genügend bekommen. Jemand von mir muss unbedingt zum Elternsprechtag zu Frau Prof. Sibera kommen. Ich werde im Semesterzeugnis in Spanisch ~~wahr~~ vielleicht einen Fünfer bekommen.

Walter Gruber *Zur Kenntnis genommen: Walter Gruber*

Reingard Söllner *Sehr geehrter Herr Gruber!* *Freitag, 3. Dezember*

Bitte fragen Sie bei Lukas noch einmal nach. Ich habe ihm eine Antwort auf Ihr Schreiben in einem verschlossenen Kuvert in sein Mitteilungsheft gelegt.
Wenn Lukas am Schulskikurs teilnehmen soll, muss bitte rasch die Anzahlung geleistet werden. Wie in meinem letzten Elternbrief angegeben, wären € 380,- vorauszuzahlen. Die Gesamtkosten von € 790,- beinhalten Vollpension sowie den Verleih der Ausrüstung. Sollte Ihr Kind bezüglich des Essens Sonderwünsche haben – Diätkost, vegetarische oder vegane Kost etc. -, so muss das bis spätestens Weihnachten angemeldet werden. Dafür entstünden bei rechtzeitiger Anmeldung keine Extra-Kosten. Bitte den offenen Betrag nicht persönlich übergeben, auch keine Überweisung per Telebanking, da der Betrag dann nicht zugeordnet werden kann. Einzahlung BITTE NUR per beigelegtem Erlagschein.
Mag. Reingard Söllner

Walter Gruber *U: Walter Gruber*

Gerlinde Zemann *3. Dezember*

Lukas hat auf sein heutiges Referat ein „Befriedigend“ bekommen. Leider hat er keine Powerpoint-Präsentation vorbereitet und seinen an sich guten mündlichen Vortrag auch sonst medial nicht unterstützt. Daher konnte leider keine bessere Note gegeben werden. Schade, dass diese Chance auf eine Verbesserung seiner Deutsch-Note nicht genutzt wurde. Aber ein „Befriedigend“ ist angesichts der Umstände eine gute Note.
Prof. Gerlinde Zemann
U:

Walter Gruber
per Computerausdruck *Liebe Frau Söllner,*

leider habe ich weder den Elternbrief bekommen, auf den Sie sich in Ihrer letzten Mitteilung beziehen, noch gibt es eine frische Spur von Ihrem Antwortschreiben. Lukas beteuert, kein Kuvert entgegengenommen zu haben. Ich habe ihm sogar mit der Abnahme seines Smart-Trottels gedroht, wenn sich herausstellen sollte, dass er die Unwahrheit sagt (verzeihen Sie das rüde Wort, aber gruberintern werden diese unsäglichen Zieh-Tipp-Geräte so genannt). Jedenfalls ist Lukas standhaft bei seiner Version geblieben: kein Kuvert! Nie bekommen. Kein Elternbrief im Mitteilungsheft. Mitteilungsheft selbst übrigens physisch durchaus vorhanden. Vielleicht liegt Ihr Brief ja noch auf seinem Tisch – unter der Unterlage? Gibt es da

eine Unterlage? – Oder er hat ihn gedankenlos in sein Bankfach gestopft?
Ich werde mir das mit Ihrer Erlaubnis am Donnerstag selbst anschauen.
Ich freue mich darüber, dass Lukas in dem Krippenspiel, auf das meine Frau und ich schon sehr gespannt sind, eine Rolle bekommen hat – und ich denke, dass ich bei Frau Prof. Sibera auch in Sachen Cheerleader inzwischen auf Verständnis stoße. Aber davon vielleicht mehr am Donnerstag.
Mit freundlichem Gruß,
Walter Gruber. 6. 12.

Darf ich mir an dieser Stelle erlauben, Sie darauf hinzuweisen, dass Sie eine gewisse Ähnlichkeit mit der Nachrichtenmoderatorin Marie-Claire Zimmermann haben. Das ist positiv gemeint. Es war meine Familie, die mich darauf aufmerksam gemacht hat.

Ich bin der Stern von Betlehem!
Lukas (erkennt man am Piercing)

16

C:\Users\Walter\Dokumente\LukasSchule\TagebuchadMitteilungsheft
Freitag, 10. 12.

Ich muss zu Lukas' Lehrerinnen ab sofort wieder freundlicher sein.
Ich muss zu Lukas' Lehrerinnen ab sofort wieder freundlicher sein.
Ich muss zu Lukas' Lehrerinnen ab sofort wieder freundlicher sein.
Ich muss zu Lukas' Lehrerinnen ab sofort wieder freundlicher sein.
Ich muss zu Lukas' Lehrerinnen ab sofort wieder freundlicher sein.
Ich muss zu Lukas' Lehrerinnen ab sofort wieder freundlicher sein.
Ich muss zu Lukas' Lehrerinnen ab sofort wieder freundlicher sein.
Ich muss zu Lukas' Lehrerinnen ab sofort wieder freundlicher sein.
Ich muss zu Lukas' Lehrerinnen ab sofort wieder freundlicher sein.
Ich muss zu Lukas' Lehrerinnen ab sofort wieder freundlicher sein.

Gut, ich habe mich vergessen. Ich hätte klatschen sollen oder wenigstens so tun, statt aufzuspringen und Buh zu rufen. Aber zuerst dachte ich, ich träume, als Lukas endlich seinen Auftritt hatte, dann dachte ich, ich müsse im Erdboden versinken. Ich verstehe bis jetzt nicht, wie es Bine gelungen ist, keine Miene zu verziehen, im Gegenteil: Ein seliges Lächeln hat ihre Lippen umspielt, als der Narrator die Heiligen Drei Könige aus dem Morgenland ankündigte – und Lukas auf den Plan trat.

– Bine, schau! Ist das … ? Das ist … Das ist jetzt aber nicht wahr.

– Pscht! Dein Sohn!

Später im Bett ist der „Fall Krippenspiel" dann eskaliert, wie es im Nachrichtenstudio bei Marie-Claire Zimmermann heißen würde. Als ich aus dem Badezimmer komme, liegt Bine bereits unter der Decke. Vor ihrem Gesicht „Shades of Grey". Alle drei Bände hat sie schon gelesen. Zuerst „Geheimes Verlangen", dann „Befreite Lust", dann „Gefährliche Liebe". Danach kam, um die Originale zu schonen, der „Band 2 + 3 im Set" auf das Nachtkästchen, derzeit liest Bine in einer Art „Superkombi" abwechselnd die besten Stellen aus allen dreien. „Gefährdete Ehe" müsste die Autorin den nächsten Band nennen, denn wenn deine Frau „Shades of Grey" liest, fragst du sie am besten nicht viel und gehst in den Ohropax-Modus. Doch in dem Moment, als ich mich den Grautönen entziehen will, kommt, völlig unerwartet, Bines Überraschungsmanöver. Buch runter. Gesicht rauf.

– Wawa, du hättest nicht auszucken müssen. Ich finde wirklich, dass Lukas seine Sache gut gemacht hat.
– Was sagst du? (Ohrenstöpsel zurück auf das Nachtkästchen)
– Ich finde, dass Lukas seine Sache gut gemacht hat.
– Er hat es gut gemacht, weil er nämlich gar nichts gemacht hat.
– Was hätte er als vorletztes Glied eines siebengliedrigen Kometenschweifs auch groß machen können?
– Eben. Gar nichts hätte er machen können. Es war ja auch gar keine Rolle, es war nicht einm…
– Zum Beispiel Stolpern? Er hätte zum Beispiel stolpern können, oder ausscheren, dann wäre der ganze Kometenschweif ins Trudeln geraten. Er hätte die ganze Szene damit geschmissen. Aber hat er sie geschmissen? Nein, er hat seine kleine, aber feine Rolle ganz bravourös hinbekommen. Warum machst du Lukas immer so herunter?
– Ich mache Lukas nicht herunter. Aber Bine, Lukas ist 13! Du redest, als wäre dein Vierjähriger beim lustigen Laternenfest zum ersten Mal eh brav hinter den anderen Kindern im Kreis gegangen, statt sich auf den Boden zu werfen und mit einem Heulkonzert zu beginnen.

– Lukas war der Komet, und er war ein guter Komet.
– Er war das sechste Glied eines siebengliedrigen Kometenschweifs. Er hat keinen einzigen Satz gehabt. Keine Gestik, keine Mimik. Gar nichts hat er gehabt.
– Er hat die Taschenlampe gehabt, die den Königen den Weg gewiesen hat.
– ---
– Hast du den Weiser erkannt?
– Der war auch dabei?
– Der Ochs.
– ---
– ---
– Deswegen hat der Ochs plötzlich zu rotieren begonnen, als ich Buh gerufen habe.
Und wer war der Esel?

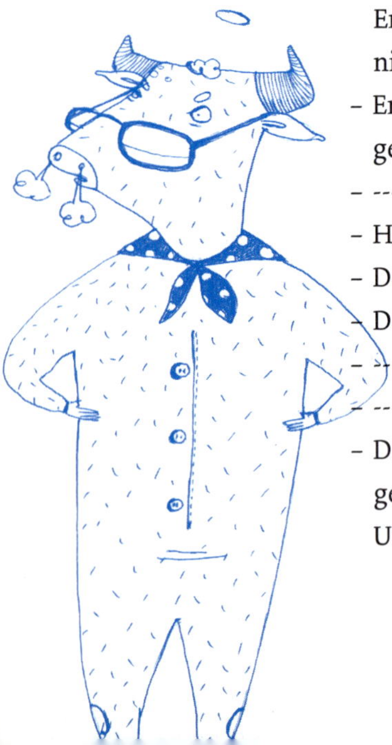

– Keine Ahnung, wer der Esel war, du bist in diesem Jahr Lukas' praktizierender Vater.
Der Melchior war jedenfalls die Wunderbaldinger, also jetzige Rowling.
– J. Rowling sogar.
– J.? Heißt sie wirklich J.? Wie die Rowling?
– Sogar Joanne. Also Joanne auf steirisch natürlich – Johanna.
– Wieso steirisch?
– Weil sie aus der Steiermark kommt und Wunderbaldinger heißt.
– Stimmt. Johanna Wunderbaldinger. War in der ersten Klasse Lukas' Werklehrerin.
– Und wie hast du die verheiratete J. Rowling in diesem Sack erkennen können, den die getragen hat?
– An ihrer Körbchengröße.
Und tu jetzt nicht so. DD. Du weißt, wovon ich spreche.
Oder warst du so damit beschäftigt, die Söllner anzustarren, dass dir nicht einmal das aufgefallen ist.
Ich habe mich ja schon gefreut, dass du den Auftritt deines Sohnes bemerkt hast.
– Sabine!
– Wahrscheinlich bist du auch deswegen so ausgezuckt. Sein Auftritt hat dich davon abgehalten, sie weiterhin ungestört anstarren zu können.
– Bine! Kriegst du gerade deine Tage?
– Warum soll ich meine Tage …

Klarkriegstdudeinetagesowiedudichaufführstneinkriegichnichtdoch-kriegstdusieneinundwiekannstdusoetwasüberhauptwieichsowasüber-hauptdaskannichdirsagenuswusf.Aber wer denkt, damit wäre der unglückliche Abend gelaufen gewesen, irrt. Dabei hatte ich mir an diesem Punkt der Schlacht sogar eine halbe Stunde Auszeit genommen. Raus aus dem Bett, ran an den PC. Nein, kein Porno! Word. Öffnen. Hakerlliste erstellen.

Erledigt:

- Schikurs: Geld eingezahlt
- vegetarische Kost angemeldet
- Übungsplan Geometrisch Zeichnen erhalten

- Übungsplan Englisch erhalten, Internet-HÜs installiert
- Übungsplan Mathe erhalten, alte Rechtschreibung auf A-Blättern ausgebessert
- Übungsplan Spanisch erhalten (Bine!)
- Liste mit Nachhilfe-Instituten erhalten
- Elternbrief unterschrieben im Mitteilungsheft
- Neue Hausschuhe im Turnsackerl

Noch zu erledigen:

- Bis Di. zur Post gehen, persön. Brief von R. S.
- Liste mit Nachhilfe-Instituten durchtelefonieren
- Schikurs: Schibrille kaufen
- Snowboard kaufen (ev. Bine)
- Turnen: Vertrag Lukas – Sibera ausformulieren
- Deutsch: ab jetzt A-Blätter kontrollieren
- Englisch: ab jetzt HEX kontrollieren

- Mathe: ab jetzt HÜs kontrollieren
- Spanisch: Bine!
- GZ: fehlende HÜ-Blätter Bine geben, soll sie Studenten zeichnen lassen
- Spanisch: Cervantes-Referat vorbereiten
- Mann von La Mancha kaufen, spanische Originalfassung

Den „Mann von La Mancha“ in spanischer Originalfassung. Ob die Sibera überhaupt weiß, dass der Roman nicht „Der Mann von La Mancha“ heißt, sondern „Don Quixote“? Die kennt wahrscheinlich auch nur das Musical (neben Peter O'Toole Sophia Loren, sensationelle Dulcinea). Und warum in der Originalfassung? Selber kann die Frau Spanischlehrerin „mir geht es gut“ nicht korrekt ins Spanische übersetzen, aber ihre Schüler sollen sich den Don Quixote in der Originalfassung kaufen. Ein Fall für Bine. Und für die Schulbehörde. Wenn es nach Bine geht. Ich weiß nicht.
Als ich ins Schlafzimmer zurückgekommen bin, hat sie bereits geschlafen. Die Grautöne waren ihr westlich von der Brust gerutscht, ich hab das Buch auf ihr Nachtkästchen gelegt. Neben eine frisch angebrochene Packung Tampons. Eben!
Eigentlich wollte ich mich danach noch mit einer Beruhigungsjause an den Altar setzen (ein Achterl Rot zu den Spätnachrichten mit Lou Lorenz ist fast so gut wie Brot & Käse mit Marie-Claire), aber auf dem Weg da hin hat mich mein Sohn in seine Box gewunken.

– Du schlafst noch nicht?
– Schläfst, Papa! Oder?
– Ja, richtig, schläfst.
– ---
– ---
– Laura war gestern echt gemein zu mir, dauernd hat sie geätzt, weil ich nur der Komet war. Sie sagt, obwohl sie erst neun ist, ist sie schon die Maria.
– Wärst du gern die Maria gewesen?
– Haha.
– Okay, schlechter Witz.
– Schau. Die Sibera hat gefragt, wer den Stern von Bethlehem spielen

will, und als keiner aufgezeigt hat, hab ich aufgezeigt, weil ich mir gedacht hab, ich kann mir auf diese Art Spanisch ausbessern. Alle, die bei ihr wo mitmachen, kriegen gute Noten.

– Nein, Lukas, das ist umgekehrt: Sie haben gute Noten – und deswegen dürfen sie überall mitmachen. Sie sind engagiert, sie bewegen sich, geistig und körperlich. Ich hab vor Kurzem gelesen, dass Bewegung intelligent macht, das Gehirn vergrößert sich.
In Schweden haben sie eine Studie gemacht: Eine Stunde weniger Mathe und Sprachen zu Gunsten zweier zusätzlicher Turnstunden – und plötzlich verbessern sich bei den Schülern die Mathe- und Sprachenleistungen.

– Dann ist man am besten in Mathe und Englisch, wenn man gar keine Stunde hat.

– ---

– Und außerdem wollte ich ja eh den Stern von Bethlehem spielen.

– Den sechsten Teil des Schweifs.

– Wie ich gesagt hab, gut, ich spiel den Stern, hat die Sibera plötzlich gesagt, das kann man nicht allein. Und plötzlich war der Niko der Kopf. Und dann hat sie allen anderen, die noch keine Rollen hatten, gesagt, sie sollen auch der Stern sein. Zu siebt ein Stern. Oida!

– Ich habe es gesehen.

– Und darum hast du herausgerufen?

– Nein.
Es war wegen diesem Niko. Er hat das total schlecht gespielt. Man hat ihn erstens nicht verstanden und zweit...

– Was hat man da nicht verstanden? Er hat gesagt: „Ich bin der Stern von Bethlehem."

– Eben. Er hat „Ich" gesagt. Ich. Aber ihr wart ja mehrere. Das war unfair. Er hätte sagen müssen: Wir sind der Stern von Bethlehem.

– ---

– ---

– Jedenfalls hat mir die Mu... Mami mein Handy weggenommen. Nur, weil ich Laura ein bisschen eine gedrückt habe. Eh keine feste. Aber sie hat mich ur beleidigt. Und dich.

– Aha, daher weht der Wind. Und ich dachte schon, dass sollte ein

Vater-Sohn-Gespräch werden.

- Ist es ja.
- Es ist ein Bitte-sag-Mami-sie-soll-mir-den-Smart-Trottel-zurückgeben-Gespräch.
- ---
- Du weißt, dass du in drei Fächern auf „Nicht genügend" stehst.
- So richtig nur in Englisch.
- Was, in Englisch auch? Das wäre dann das vierte.
- Wieso vierte? Mathe und Englisch.
- Und Spanisch. Und GZ. Und in den Lerngegenständen keine bessere Note als einen Dreier. Turnen inklusive.
- Scheiß Turnen. Außerdem kann man für Turnen nichts lernen. Und für GZ auch nicht. Das versteht man, oder man versteht es nicht.
- Aber man kann sich bewegen. Und das auch dann, wenn man sich nicht gerade mit seinem Schulfreund prügelt.
- Ich hab eh gesagt, ich nehm das Piercing ab jetzt raus. Sie hat gesagt, gut, dann bin ich in Turnen wieder dabei. Und Cheerleaden muss ich auch nicht mehr, wenn ich dafür ... also ...
  Und mit Niko bin ich auch wieder gut.
- Aha?
- Seine Mutter hat am Elternsprechtag voll abkassiert. Echt Caritas. Niko muss jetzt ...

► Elternsprechtag S 179

- Ich meine das mit dem Cheerleaden. Wenn du was dafür tust?
- Wenn ich erstens ordentlich mitturne.
- ---
- Und am Schikurs nur positiv auffalle. Keine Mätzchen. Die Sibera sagt Mätzchen. Sie meint Zoff. Keinen Zoff machen. Im Zimmer und beim Schifahren. Sie sagt, ich soll zuerst schifahren, also am ersten Tag, und dann kann ich auch Snowboard.
- Fahren.
- Was?
- Snowboard fahren, meinst du.
- Ja, wenn ihr mir eines mitgebt.
- Da sehe ich nach diesem Elternsprechtag ehrlich gestanden schwarz.

– ---

– ---

– ---

– Was wolltest du mir vorhin von Nikos Mutter erzählen? Was war mit Nikos Mutter am Elternsprechtag?
– Sie hat voll abgeräumt, weil der Niko in keinem Fach etwas lernt. Er macht keine Hausaufgaben, er macht keine Referate. Aber er steht trotzdem nirgends auf einem Fünfer. Er ist ur genial im Kopf. Die Lehrer wollen jetzt, dass er die Schule freiwillig verlässt. Nur die Söllner nicht. Sie ist die einzige, die sagt, er ist genial und er schafft es. Darum hasst er jetzt auch nicht mehr die Söllner, sondern die Sibera. Und die Zemann. Warst du bei der Zemann? Oder warst du wieder nur bei denen, die etwas Schlechtes sagen?

Natürlich war ich bei der Zemann. Nachdem ich mir in einer Warteschlange mit zehn anderen Müttern vor ihrem „Zeitfenster" in Form einer geschlossenen Tür die Füße in den Bauch gestanden hab. Hinter der sie sich dann nicht einmal befunden hat. Wir vor der Klassentür echt schon von einem Fuß auf den anderen – „Wer ist denn da so lange drin?" – „Sollen wir einmal klopfen?" – „Das gibt's doch nicht, jetzt steh ich schon seit einer Stunde da." – „Wenn da nicht bald die Tür aufgeht, kann sie mich gern haben, ich muss noch zu drei anderen!" usw. –, da steuert die Zemann, einen Becher Kaffee in der einen Hand, ein Lachs-Brötchen in der anderen, seelenruhig auf die Klassentür zu. Beim Öffnen der Tür mit dem Ellbogen dann quasi aus der Hüfte die vermeintlichen Frohbotschaften. Zuerst an alle: „Tschuldigung die Verspätung. Unten war ein Vater am Telefon, der heute nicht kommen kann, Gemeinderatssitzung. Dafür machen wir's für Sie jetzt kurz und bündig." Und dann an mich, der ich ganz vorn gereiht bin:

– Und Sie sind ...
– ---
– Waren Sie schon einmal bei mir?
– Nein. Lukas. Gruber. Also nicht Lukas. Walter Gruber. Grüß Gott.
– Ah, Herr Gruber! Also Sie müssen zu mir heute eigentlich gar nicht kommen. Bei Lukas ist inzwischen alles im grünen Bereich. Nicht leuchtend grün, aber grün. Gehen Sie ruhig zu den ... dringenderen Kolleginnen.

Also bin ich nur zu den „dringenderen Kolleginnen“ gegangen. Aber konnte ich das Lukas gestehen? Konnte ich nicht.

- Klar war ich bei der Zemann. Sie sagt, du sollst dich mehr bemühen.
- Das sagt sie? Sonst nichts?
- Und dass du sonst gut bist. Also befriedigend gut. Also auf einem Dreier. Immerhin. Senkt deinen Notenschnitt auf 4,6.
- Haha, sehr witzig wieder.
- Gar nicht sehr witzig. Sie sagt, du hättest dich für das Referat mehr anstrengen sollen.
- Mehr anstrengen? Bei einem Referat, ob in Österreich das Christkind kommen soll oder der Weihnachtsmann? Vater, ehrlich! Hast du früher auch so bescheuerte Referate gehabt?

  - Herr Professor, meinen Sie das ernst?
  - Ja, das meine ich ernst.
  - Einen Aufsatz über das Packen eines Koffers?
  - Oder mach ein Referat, wenn dir das lieber ist: So packe ich einen Koffer. Oder: Als ich zum ersten Mal einen Koffer packte.
  - Aber ich bin ein Bub. Buben packen nicht Koffer. Mein Vater packt auch keinen Koffer. Das macht dic Mama.
    Er kann es gar nicht.
  - Dann frag eben deine Mama. Aber du hältst das Referat.
    Du stellst dir einen Koffer vor, du stellst dir die Dinge vor, die da hineinmüssen, z.B. für einen Griechenland-Urlaub, und dann denkst du dir beides zusammen. Eine Beschreibung. Ein gesprochenes Stillleben, wenn du so willst.
  - Was für ein Leben?
  - In der Malerei gibt es den Ausdruck Stillleben für ein Bild von leblosen Gegenständen, die für die Betrachtung aus ihrer natürlichen Umgebung genommen wurden. Habt ihr davon in Zeichnen nichts gehört?

– Jetzt soll ich ein Bild von dem Koffer auch noch malen?

- Vater! Hörst du noch zu?
- Natürlich höre ich zu. Du hättest, wie gesagt, einfach ein bisschen mehr machen sollen, nicht nur reden. Etwas zeigen. Etwas Außergewöhnliches.
- Das Christkind, wie es heimlich raucht, zum Beispiel?
- Lukas!
- Du hast gesagt, du hilfst mir bei der Powerpoint-Präsentation, und dann hast du keine Zeit gehabt.
- Lukas, ich kann nicht nur noch für dein Schulleben da sein. Ich habe auch einen Beruf. Ich habe Abgabetermine, ich …
- Die Mutter sagt, du hast keine Abgabetermine, sie sagt, es ist egal, wann du mit einem Drehbuch fertig bist. Sie hat Termine. Sie muss ihre Pläne dannunddann fertig haben. Du nicht.
- Sagt sie.
  Sie muss es ja wissen.
  Und sag nicht die Mutter. Wie das immer klingt!

Schnitt für eine zweite Rückblende auf einen desaströsen Elternsprechtag. Gespräch zwischen Tür und Angel. Handelnde Akteure: Marie-Claire-Reingard Söllner und Wawa Gruber:

- Apropos. Ihr Sohn nennt Ihre Frau, also seine Mutter, wenn er von ihr spricht, die Mutter, wissen Sie das? Meiner Meinung nach zeugt das von viel emotionaler Distanz. Gibt es da … vielleicht doch häusliche Probl…
- Eigentlich müsste man meine Frau ja *der Mutter* nennen.

Aber auch auf diesen Schmäh sind Frau Professor nicht eingestiegen. Überhaupt totale Schubumkehr. Kein Lächeln. Kein Kaffee. Keine Zeit. „Auf ein Wort, aber wirklich nur kurz, bitte. Sie können ja nachher sowieso zu mir", blabla. Also auf ein Wort. Gleich im Anschluss an ein Waterloo, das sich für mich diesmal in Bethlehem abgespielt hatte. Immerhin ein „Ups!", als ich beim Ausweichmanöver mit handyvideoaufnehmender Kampfmutter – „Schau her, Patrick, daaa her schaust!" – beinahe über ihre Füße stolpere.

- Ups!
- Tschuldigung.

– Geht schon.

Und dann noch ein Lächeln (in Ziffern: 01), das war dann schon ziemlich gegen Schluss unseres „Worts“.

– Waren das übrigens Sie … der Buh-Rufer?

– Hat man es so laut gehört?

– Was hat Ihnen denn nicht gefallen? Nichts sagen. Es hat Ihnen nicht gefallen, wie Ihr Sohn den Stern von Bethlehem angelegt hat, stimmt’s?

An dieser Stelle das Lächeln über den Rand ihrer Brille.

– Sie meinen, den Schweif des Sterns.

– Eine kleine, aber feine Rolle.

– Lustig. Das nennt meine Frau auch so.

– Apropos. Ihr Sohn nennt Ihre Frau, also seine Mutter, wenn er von ihr spricht, die Mutter, wissen Sie das?

Dabei hatte ich so viel Hoffnung in den Versuch gesetzt, Frau Prof. Mag. Reingard Söllner außerhalb ihres „Zeitfensters“ sprechen zu können, quasi von Mann zu Mann statt von Avatar zu Lehrkörper. Das ganze Krippenspiel über hatte ich versucht, Augenkontakt herzustellen. Vergeblich. Vier Schulklassen zwischen uns, sprich eine Trennwand aus 100 ununterbrochen auf und ab wippenden Köpfen mit Kehlen, aus denen zirka 1000 Dezibel drangen. Erst als sich nach Abzug der Heiligen Drei Könige (samt Stern) das Publikum wieder aufzulösen begann – die Kinder liefen brüllend und gleichzeitig smsend in den Hof, die Eltern schlichen gackernd und gleichzeitig klickend zu den ihnen vorgegebenen „Zeitfenstern“ – , fing sie einen meiner Blicke, gab sich einen Ruck und kam auf mich zu. Fünf Minuten später:

– Eigentlich müsste man meine Frau ja *der Mutter* nennen.

– Der Mutter?

Kein weiteres Lächeln. Blondgemeschte Haare, schwarz gefasste Brille, schwarzer Rolli, aber nirgendwo ein Lächeln.

– Dann werde ich mir noch schnell Lukas’ Platz anschauen, bevor die anderen Mütter … wenn ich schnell darf … ich meine, ich schau nach, ob sich dort Lukas’ persönliches Bermuda-Dreieck befindet …

– Ganz wie Sie möchten, Herr Gruber.

– Ja.

Dann.
– Ja. Dann.

Mitteilungsheft

Reingard Söllner *Sehr geehrter Herr Gruber!* *Montag, 13. Dezember*
Anbei die Frühwarnungen für Lukas. Wie Sie sehen und wie schon am Elternsprechtag angekündigt, haben Lukas' Leistungen in mehreren Fächern „in besonderer Weise nachgelassen". In diesem Fall schreibt uns der Gesetzgeber vor, Frühwarnungen auszugeben. Ich bitte Sie, die Formulare (vier Stück) zu unterschreiben und mit Lukas in der nötigen Weise gegenzusteuern.
Mag. Reingard Söllner

► Früh-warnungen S 180

Walter Gruber *U: Da Sie mit „gegensteuern" vermutlich Nachhilfe meinen: Wir haben uns über das Wochenende in einem Nachhilfe-Institut angemeldet. Jetzt sollte es also aufwärts gehen.*
mfG Walter Gruber

Walter Gruber *Sehr geehrte Frau Prof. Zemann!*
Bezugnehmend auf Ihre Eintragung vom 3. 12. möchte ich spät, aber doch, höflich darauf aufmerksam machen, dass Lukas zurzeit voll mit Nachhilfe ausgelastet ist. Wie Sie vielleicht wissen, drohen ihm im Semesterzeugnis in vier Fächern „Nicht genügend". Glauben Sie mir, lieber hätte sich Lukas noch besser auf sein Deutsch-Referat vorbereitet. Oder sollte ich sagen: Lieber hätten wir uns noch besser auf sein Deutsch-Referat vorbereitet. Denn manchmal kommt es mir vor, als gingen in Österreich weniger die Kinder zur Schule als deren Eltern ☺.
mfG
Walter Gruber, 13. 12.

Ulrike Sibera *Sehr geehrte Eltern der 3A!*
Ich darf Ihnen mitteilen, dass Frau Prof. Gutierrez nach ihren Auslandssemester (Fortbildung) nun früher als geplant wieder an unserer Schule sein wird.
Meine Arbeit in Spanisch endet daher nach den Weihnachtsferien. Den „Mann von La Mancha" bitte trotzdem besorgen.

Ich hoffe, dass ich Ihren/ ~~Ihrer~~ Sohn Lukas / ~~Tochter~~ etwas beibringen konnte und dass ich sein /~~ihr~~ Interesse für diese Sprache wecken konnte.
In BS bleibe ich der Klasse selbstverständlich weiterhin erhalten.
Ulrike Sibera

PS: Information für die Schikurskinder: Der Abfahrtstag, Donnerstag, 3. Februar, wurde jetzt von der Schulbehörde bestätigt. Die genaue Zeit folgt noch. Da der Bus mit der Zahl der Kinder abgestimmt ist, kann nur ein Gepäck pro Kind mitgenommen werden. Eigene Schi oder Snowboards müssen bitte RECHTZEITIG privat an die Adresse von unserer Unterkunft in Maria Alm geschickt werden. Aber wie ich im Elternbrief angegeben habe, ist der Verleih der Schiausrüstung vor Ort im Preis bereits inklusiv.

E-Mail

Von: „Reingard Söllner" <reingard_soellner@gmx.com >

Reingard Söllner

Sehr geehrter Herr Gruber! Wien, Montag, 20. Dezember
Ich bitte Sie dringend – und hiermit noch einmal auch schriftlich –, Lukas die Formulare mit den Frühwarnungen nach den Weihnachtsferien verlässlich und unterschrieben mitzugeben. Andernfalls muss in letzter Konsequenz das Jugendamt verständigt werden.
Ich wünsche Ihrem Sohn baldige Genesung. Ich hoffe, er kann seine Lungenentzündung schnell auskurieren und er steckt seine Familie über die Feiertage nicht an (Sie selber haben am Telefon auch nicht ganz gesund geklungen). Danke jedenfalls für Ihren Anruf.
In der Anlage noch einmal meine Antwort auf Ihren Brief vom 30. November, die allerdings in einigen Punkten nicht mehr auf dem neuesten Stand ist (zum Beispiel Thema Nachhilfe), aber ich will sie Ihnen nicht schuldig bleiben.
Darüber hinaus wünsche ich Ihnen und Ihrer Familie ein frohes Fest und einen gute Rutsch ins neue Jahr!
Mag. Reingard Söllner

L… eider hat Lukas … eine …

17

C:\Users\Walter\Dokumente\LukasSchule\TagebuchadMitteilungsheft
Montag, 20. Dezember

Anruf? Lungenentzündung? Selber nicht gesund geklungen? Nach ein paar Schrecksekunden hat es geklingelt. Das also auch noch! Lukas!

- Lukas!
- ---
- Lukas!!
- ---
- LUKAS!!! ZUM KUCKUCK!!! KOMM HER, WENN ICH DICH RUFE.
- Ja, was ist?
- Du sollst herkommen.
- Was ist schon wieder?
- Stangelst du Schule?

► Stageln S 188

- Ob ich was tu?

– ES HEISST STAGELN, PAPI!
WIRKLICH, ES HEISST NICHT STANGELN.
DIE FRAU WEIDEMANN HAT ES UNS GENAU ERKLÄRT.

- Wurscht wie das heißt, Laura, und mach die Tür zu, ich rede jetzt mit deinem Bruder!

- OIDA!

- Und sag nicht Oida!
- Also. Ehrlich. Lukas, schwänzt du?
- ---
- Ich warte auf eine Antwort.
- Okay, ich war heute nicht.
- Du warst heute also nicht.
  Du meinst, du warst nicht in der Schule.
  Und wo warst du?
- Ww... ich war eislaufen.
- Was heißt wwww... ich. Allein?
- ---
- Also mit Niko. Hat der auch eine Lungenentzündung gehabt?
- Wieso weißt du das?

- Weil auf meiner Stirn nicht Trottel steht? Weil ich nicht von vorgestern bin? Weil Lehrer und Eltern miteinander reden? Sag, willst du eigentlich um jeden Preis deine Zukunft verspielen??
- Wir lernen eh nichts mehr.
- Zum Kuckuck, hör mir auf mit dem Unsinn! Du scheinst heuer sowieso nichts lernen zu wollen, ob du jetzt in die Schule gehst oder nicht.
- Das ist ungerecht, Ich habe jeden Tag Nachhilfe! Die anderen gehen eislaufen und ich geh in die depperte Nachhi...
- Nicht die Nachhilfe ist deppert. Du bist deppert, weil du nichts für die Schule tust. Nichts! Und jetzt stangelst du auch noch!
- Es heißt wirklich stageln. Laura hat R...
- Halt den Mund, gut?! Halt ihn einfach!

  Und auf Schikurs fährst du auch nicht mit, damit das klar ist.

Rohrkrepierer! Hätte ich wissen müssen. Drohe einem Kind niemals mit etwas, das du nicht durchziehen kannst!

- Und auf Schikurs fährt er auch nicht mit, damit das klar ist.
- Das kannst du nicht tun, Wawa, wir haben eingezahlt. Das Geld ist weg. Das kannst du nicht mehr rückgängig machen.
- Das sagst du nur, weil du dann ungestört nach Sri Lanka fahren könntest.
- Das sag ich nicht nur, weil ich nach Sri Lanka fahren könnte. Ich fahre nach Sri Lanka, lieber Wawa, Indikativ, und zwar so was von ungestört, ob Lukas jetzt auf Schikurs ist oder nicht. Verstanden?
- ---
- Und wie würdest du den plötzlichen Rückzieher überhaupt argumentieren? Etwa damit, dass dein Sohn Schule schwänzt?
- ---
- Wenn ich dich richtig verstanden habe, weiß man in der Schule gar nicht, dass er geschwänzt hat. Richtig? Ich gebe dir einen guten Rat: Belasse es dabei!
- Ich soll ihn decken?
- Du bist sein Vater. Willst du ihm die ganze Zukunft verbauen?
- Ich verbaue ihm die Zukunft? Ich glaub, ich hör nicht recht. Er lernt nichts, er hat vier Frühwarnungen in einem einzigen Zeugnis, er

geht nicht in die Schule, er fälscht Unterschriften und gibt sich am Telefon als sein Vater aus. Und ich verbaue ihm die Zukunft?

- Er fälscht deine Unterschrift? Dann hat er das Zeug zum Grafiker. Deine Unterschrift fälschen zu können, ist nach den Kriterien der bildenden Kunst ein Beweis für Hochbegabung. ► Unterschrift S 190
- Sei bitte nicht sarkastisch!
- Okay, ich bin nicht sarkastisch, dafür gebe ich dir einen guten Rat: Hör bis zum Semesterzeugnis damit auf, das Mitteilungsheft zu lesen. Ruf nach ein, zwei Wochen in der Schule an und sag, er hat es verloren, du hast es verlegt, Laura hat es dem Hamster verfüttert, was auch immer. Ich habe das voriges Jahr um diese Zeit auch so gemacht. Mach das, Walter, sonst versaust du dir dein Leben, glaub mir, deines und unseres.
- ---
- Weißt du was, Walter, ich nehme Lukas morgen mit, wenn ich den Christbaum kaufen gehe. Ich rede mit ihm.
- Du gehst heuer den Christbaum kaufen?
- Gehst du mit?
- Und anschließend gehen wir eislaufen?

E-Mail

Betreff: AW: Frühwarnungen
Von: „walter.gruber" <walter_gruber@gmx.com>

Walter Gruber *Liebe Frau Prof. Söllner,*
Danke für das Mail. Die Anlage war leider leer.
Lieber Gruß und auch Ihnen ein frohes Fest und einen guten Rutsch ins neuen Jahr!
LG W. G., 23. Dezember

Betreff: Automatische Antwort: Re: AW: Frühwarnungen
Von: „Reingard Söllner" <reingard_soellner@gmx.com>

Auto-Reply *Sehr geehrte Damen und Herren,*
vielen Dank für Ihre Nachricht!
Ich bin bis einschließlich 6. Jänner des neuen Jahres abwesend.
Meine E-Mails werden nicht weitergeleitet.

BEACH HUT
ARUGAM BAY

Haas-
HAUS
Maria Alm am Steinernen Meer

18

C:\Users\Walter\Dokumente\LukasSchule\TagebuchadMitteilungsheft
Freitag, 28. 1.

Eine knappe Woche noch – dann fahren die beiden ab. Mein Sohn nach Maria Alm (hm!) und meine Frau nach Sri Lanka (hmmm!). Was eine Ferienwoche allein mit Laura für mein Leben bedeutet, lässt sich mit einiger Sicherheit prognostizieren: Die Vormittage verschlafen, an den Nachmittagen mit Laura abwechselnd vor „Ice Age 4", „Shrek 3" und „Madagaskar 2" sitzen und an den Abenden mit Laura vor „Ice Age 1", „Shrek 2", und „Madagaskar 3". Immerhin sind „Tinker Bell" und „Barbie", 1 bis 101, inzwischen Geschichte.

- Aber nicht, dass ihr den ganzen Vormittag im Bett verbringt und abends nur DVD schaut!
- Aber nicht, dass ihr den ganzen Vormittag am Strand verbringt und abends nur an der Hotelbar steht!
- Mein Gott, Walter, bitte, wir sind keine Teenager!
- Dann sag du mir nicht, was wir tun sollen.
- Ich mein ja nur.
- Ich mein auch nur.

Barbara van Butte ist eh ganz okay. Das weiß ich jetzt. Ich habe sie falsch eingeschätzt. Und Niko ist letztlich eh auch okay, ein bisschen pampert, aber das ist für ein pubertierendes Pickelgesicht auch in Ordnung so. Jedenfalls gibt er Lukas seit einiger Zeit Nachhilfe. Echt. Und höchst erfolgreich! Die beiden Schularbeiten, die Lukas uns gezeigt hat (ich gehe davon aus, dass es sich um seine eigenen gehandelt hat), waren positiv. Nicht nur positiv, die in Englisch war sogar gut. Hat Familie Gruber den van Buttes zu verdanken. Beziehungsweise mir. Weil ich es war, der die Idee hatte, die van Buttes zum Essen einzuladen. Das war beim gemeinsamen Kochen zu Stefani. „Was gibt's heute zu essen, Papi?" – „Faschierte Laibchen" – „Wääh! Bei Niko gab es zuletzt auch faschierte Laibchen. Was habt ihr Alten nur immer mit euren faschierten Laibchen?" – „Okay, keine faschierten Laibchen. Ich mach Burger." – „Juhuuu, Burger!"

► Nachhilfe S 185

Der Altar war postweihnachtlich geschlossen. Sabine und Lukas prä-ferial bester Laune. Da sprach Vater Gruber:

- Sollen doch einmal zu Besuch kommen, Niko und seine Mutter.
- Das meinst du jetzt nicht ernst, oder?
- Ich denke, ich sollte die Frau wenigstens kennenlernen, die meine Ehefrau dazu bringt, mit ihr auf Urlaub zu fahren statt mit ihrem Ehemann.
- Vielleicht sind sie lesbisch!
- Laura! Du weißt überhaupt nicht, was lesbisch heißt.
- Natürlich weiß ich, was lesbisch heißt – man küsst eine Frau, die man nicht darf.
- Dein Papa küsst auch eine Frau, die er nicht darf! Jeden Abend. Sie merkt es nur nicht hinter dem Bildschirm.

Usw. Zu den Heiligen Drei Königen erfolgte dann das Kennenlernspiel. Und in der zweiten Hälfte des Abends war dann irgendwann auch Nachhilfe am Tapet. Barbara hatte begonnen.

- Wie viel, sagst du, Walter, zahlst du dafür? Ich meine, alles zusammengerechnet?
- Wir. Wir zahlen beide.
  Bei Probrain zirka 300 Euro.
- Probrain? Das kann man ja kaum aussprechen.
- Es heißt: fürs Hirn!
- Danke, Laura, aber Nikos Mutter weiß, was es heißt.
- Warum kann sie es dann nicht aussprechen!?!
- Laura!
- Weil es vielleicht ein Zungenbrecher ist, kleine Schwester?
- Lukas, du musst jetzt nicht auch noch deinen Senf dazugeben.
  Was soll sich Niko über euch denken ...
- Niko hat sich früher auch immer eine kleine Schwester gewünscht, nicht wahr, Niko?
- Nein, fuck! Wie kommst du darauf!
- Sei froh. Schwestern sind voll Caritas, das kannst du mir glauben!
- Sag nicht Caritas, Lukas! Außerdem hast du ständig den Mund offen.

Dann machte Sabine schlagartig Terrain gut.

- Probrain ist ein Lernhilfeinstitut. Die machen alles. Kurse auf Basis 100 Minuten. Crashstunden, Schularbeitsvorbereitungen,

Stoffwiederholungen, alles. Weißt du, Babsi, das ist der Mercedes unter den Lernhilfeinstituten. Allerdings am Arsch der Welt. Wenn ich das Auto habe, müssen Walter und Lukas jedes Mal ein Taxi nehmen. Also 30 Euro dazu. Und dann sitzt Walter zwei Stunden untätig im Kaffeehaus herum, 10 Euro dazu. Macht summa sum…

– Nicht untätig, Schatz. Ich denke darüber nach, wie wir das Geld wieder hereinbringen, das wir für Lukas' Gratisschule ausgeben.

– Hahaha (Barbara)

– Hahaha (Bine)

– ? (Niko, Laura, Lukas)

Usw. Wir hatten probeweise die Pakete „Powerlearning“ und „Xercising“ gebucht.

PowerLearning	2 x 100 Min.	50,-	**= € 100,-**
Xercising	5 x 100 Min.	50,-	**= € 250,-**
Go for the test	10 x 90 Min.	44,-	**= € 440,-**
Semesterbetreuung	20 x 90 Min.	42,-	**= € 840,-**

Die Lehrerinnen gab es online zum Anklicken, also zumindest einige von ihnen. Zum Beispiel: Elisabeth, Alter 25, Typ: Sandra Bullock. Unter dem gefälligen Bild aber gleich prophylaktisch die Warnung: „Natürlich stehen Ihnen weitere Lehrer zur Verfügung, jedoch möchte nicht jede Lehrkraft öffentlich dargestellt werden. Bitte haben Sie Verständnis hierfür.“ Hatten wir. Ohne groß nachzufragen. Und so bekam Lukas nicht Sandra Bullock, sondern Anita Oberleitner, 55, Typ Angela Merkel. Deren Spezialität: Lehrer schlecht zu machen. Nicht, dass Lukas bei Abkanzlerin Merkel in Mathe und GZ nichts gelernt hätte. Aber gelernt hat er bei Michail, einem Englisch-Studenten aus Kiew, auch. Und zwar bei uns zu Hause. Für 10 Euro die Stunde. Also haben wir Probrain wieder verlassen – und Lukas' Schicksal in die Hände von Michail und Niko gelegt. Nach den ersten Plus für Lukas auf die GZ-Hausübungsblätter ist meine anfängliche Skepsis der Überraschung gewichen.

- Sag, Lukas, und das liegt wirklich an Niko, dass du plötzlich Plusse kriegst?
- ---
- Weil du es plötzlich verstehst?
- Ja, auch.
- Was heißt auch?
- Ich meine, ja. Klar verstehe ich es, sonst würde ich ja keine Plusse bekommen.
  Und wer alle Hausübungsblätter hat, fallt nicht durch, hat die Söllner gesagt.

Auf gut Deutsch, es flutscht plötzlich. Ansonsten habe ich mich an Bines Rat gehalten. Kein Mitteilungsheft bis zu den Semesterferien. Das glaubst du nicht, wie da plötzlich die Lebensqualität ins Dorf zurückgekehrt ist!

Draußen rieselt der Schnee und drinnen abends nichts als Frieden unter dem Altar. Marie-Claire in bestechender Form, Bine gut gelaunt, Laura noch süßer, braver und superkluger als sonst, und Lukas mutiert vom renitenten Schüler zu einem reifenden jungen Mann, der, wenn er angesprochen wird, in vollständigen Sätze antwortet. Sogar abgenommen hat er, wie mir vorkommt.

- Du, ich glaube, Lukas hat abgenommen?
- Ich glaube, er ist nur gewachsen.
- Was heißt nur. Wenn er wächst und dabei dünner wird, fällt das unter abnehmen.
- Sag ihm das.
- Sag ich ihm eh.
- ---
- Du hast auch abgenommen, stimmt's?
- Ein bisschen.
- Für Sri Lanka?
- Für dich, Schatz! Und für mich natürlich. Und im Sommer fahren wir gemeinsam fort, alle vier. Gut?
- Gut.
- Das heißt, wenn Lukas keine Nachprüfung hat.
- Warum sollte er eine Nachprüfung haben?

E-Mail

Betreff: Semesterzeugnis
Von: „Reingard Söllner“ <reingard_soellner@gmx.com>

Reingard Söllner *Sehr geehrter Herr Gruber,* *Donnerstag, 3. Februar*

leider habe ich Sie heute bei der Verabschiedung der Schikurskinder am Bus nicht angetroffen. Wie Sie vielleicht nicht wissen, hat Lukas sein Mitteilungsheft seit mehreren Wochen unter Gebrauch verschiedenster Ausflüchte nicht in der Schule. Leider sind Ihnen jedoch mehrere Eintragungen einzelner Kollegen unbedingt zur Kenntnis zu bringen.
Ich habe Lukas daher Ende letzte Woche ein neues Mitteilungsheft anlegen lassen. Die wichtigsten Mitteilungen habe ich nachgetragen bzw. nachtragen lassen. Lukas hat mir versprochen, das Heft heute unterschrieben mitzuhaben. Nun, das Heft hatte er dabei, allerdings wieder ohne Unterschriften.
Ich habe mir nun erlaubt, Ihnen das Mitteilungsheft sowie das Semesterzeugnis eingeschrieben auf dem Postweg zu schicken. Ich bitte Sie dringend, spätestens nach dem Schikurs (= Beginn des 2. Semesters) Kontakt mit mir aufzunehmen.
Mit freundlichem Gruß
Mag. Reingard Söllner

Betreff: Re: Semesterzeugnis
Von: „walter.gruber“ <walter_gruber@gmx.com>

Walter Gruber *Sehr geehrte Frau Prof. Söllner,*

Die Verständigung über die Sendung ist heute im Postfach gelegen (obwohl ich den ganzen Tag zu Hause war und mir der Bote die Sendung also durchaus persönlich übergeben hätte können). Ich werde Mitteilungsheft und Zeugnis aber gleich morgen abholen.
Ich hoffe, mich trifft nicht der Schlag.
mfG
Walter Gruber

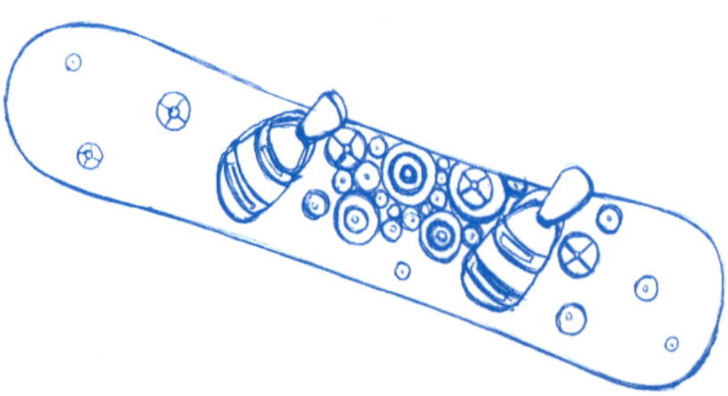

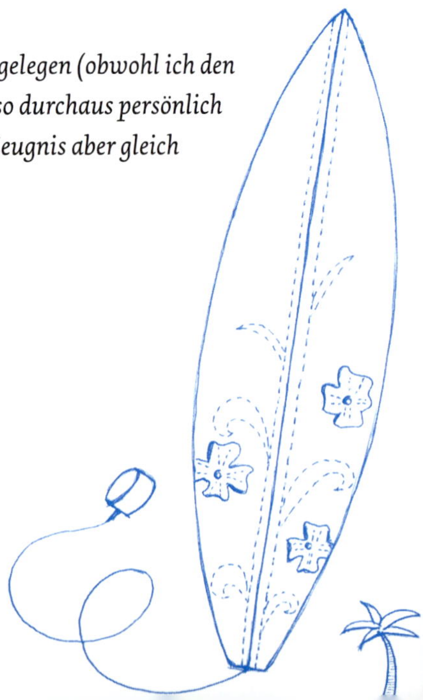

Neues Mitteilungsheft, per Post nachgeschickt

Reingard Söllner *Sehr geehrter Herr Gruber!* *Donnerstag, 27. Jänner*
Da das alte Mitteilungsheft Ihres Sohnes seit den Weihnachtsferien nicht mehr vorhanden ist und Sie daher wichtige Nachrichten offenbar nicht bekommen haben, habe ich hiermit ein neues Mitteilungsheft angelegt.
Leider hat Lukas versucht, mich, was seine Leistungen in Mathe und vor allem GZ betrifft, zu täuschen. So musste er schließlich zugeben, dass er seine GZ-Hausübungsblätter nicht selber zeichnet. Die Blätter 34 bis 52 stammen von seinem Freund Niko. Wie ich erfahren habe, hat Niko von Lukas auch Geld genommen. Ich bitte Sie dringend, diesen „Handel" einzustellen. Zudem werde ich die GZ-Note von Lukas in den Semesternachrichten nachträglich herabstufen.
Mag. Reingard Söllner
U:
PS: Ich bitte Sie auch, die wichtigen Mitteilungen der Kollegen, die diese unten stehend in Kürze nachgetragen haben, zur Kenntnis zu nehmen und dies durch Ihre Unterschrift zu bestätigen.

Johanna Rowling *Sehr geehrter Herr Gruber,*
leider stammen auch einige English-homeworks Ihres Sohnes nicht aus seiner Feder. Ich denke, es hat wenig Sinn, wenn ein Nachhilfelehrer aus der Ukraine seine homeworks macht. Reden Sie bitte mit ihm! Ihr Sohn lernt außerdem keine Vokabeln. Ohne Grundwortschatz ist das Erlernen einer Sprache nicht möglich.
mfG J. Rowling
U:

Ulrike Sibera *Sehr geehrte Frau Gruber,*
Lukas darf in BS wieder normal mittun. Er verzichtet jetzt offenbar auf das Piercing. Das ist erfreulich. Bezüglich dem Football-Turnier ist eine Veränderung eingetreten. Es wird vielleicht gar nicht stattfinden, weil der Sportverein, der dieses Turnier organisiert, die Geldmittel, die das Turnier mit vierzehn Spielen in fünf verschiedenen Bundesländern kostet, angeblich nicht aufbringen kann. Bitte schauen Sie, dass Lukas seine Turnsachen regelmäßig wechselt.
Ulrike Sibera
U:

Gerlinde Zemann *Sehr geehrter Herr Gruber,*

Leider hat Lukas auch den zweiten Geschichte-Test verpatzt. Daher wird es trotz seiner positiven Mitarbeit nur für ein „Genügend“ in den Semesternachrichten reichen. In Deutsch fehlen ihm die letzten drei Arbeitsblätter. Hier gilt: Er sollte sein „Befriedigend“ nicht fahrlässig gefährden. Vielleicht geben Sie Ihrem Sohn die fehlenden A-Blätter auf den Schikurs mit! Frau Sibera wird ihm Gelegenheit geben, das Fehlende nachzuholen.

Prof. Gerlinde Zemann

U:

Lukas Fr., 28. 1.

Ich habe das Buch „Don Qi.“ verloren. Wenn ich es bis Montag nicht bringe, sind die Kopierkosten zu ersetzen. € 10,-

U:

Lukas Mo., 31. 1.

Ich muss für die Kopien „Don ~~K~~Qui~~sch~~xotte – der Mann vom La Mancha“ 10 Euro mitnehmen. Ich kann es auch am Schikurs zahlen.

U:

Reingard Söllner *Sehr geehrter Herr Gruber,* *Mittwoch, 2. 2.*

leider sind die Mitteilungen wieder nicht unterschrieben. Sollte sich diese Situation nach den Semesterferien nicht ändern, sehe ich mich gezwungen, dies unserem Direktor, Hofrat DDr. Weiser, mitzuteilen.

Der Kontakt zwischen Schule und Elternhaus ist sehr wichtig. Dabei darf das Engagement zum Wohle des Kindes nicht nur einseitig sein. Auch Eltern haben schulische Pflichten. Dazu gehört das Bereitstellen einer aktuellen Telefonnummer und das regelmäßige Anschauen des Mitteilungshefts. Sollte es mir – bzw. dem Sekretariat unserer Direktion – bis zum Wochenende nicht gelingen, Kontakt zu Ihnen zu bekommen, werde ich wieder versuchen, Sie per E-Mail zu erreichen. Ich möchte höflich darauf aufmerksam machen, dass dies nicht zu meinen Gepflogenheiten gehört und ich meine E-Mail-Adresse als meine Privatsphäre betrachte. Dessen ungeachtet ist aber das Wohl des Schülers vorranging.

Hochachtungsvoll, Reingard Söllner

U:

Ulrike Sibera *Sehr geehrte Fam. Gruber,*

Die Abfahrtszeit für den Schikurs ist morgen um 07.00 Uhr. Bitte nur ein Gepäckstück! Bitte vorher nicht allzu viel trinken! Nur 1 Klopause!

Wie mir Ihr Sohn mitgeteilt hat, hat er derzeit kein Handy, weil es ihn seine Mutter angeblich gestern weggenommen hat, weil sie es selber braucht.

Ich möchte nur darauf hinweisen, dass die Schüler sonst keine Möglichkeit haben, zu Hause anzurufen. Auf der Schihütte ist für Gäste kein Festnetz vorhanden.

Ulrike Sibera

U:

E-Mail

Betreff: Surfparadies

Von: „Sabine Gruber“ <gruber_sabine@hotmail.com>

Sabine Gruber *Lieber Wawa,*

nur ganz kurz jetzt, weil das Internet in dem Internetcafé, in dem ich gerade bin, alle zehn Minuten ausfällt. Habe dieses Mail schon zweimal begonnen.

Wir sind in der Arugam Bay an der Ostküste Sri Lankas gelandet. Neun Stunden Fahrt, abwechselnd im Minibus und Tuktuk!

Aber hier ist es herrlich! Trotz Regenzeit! Wir wohnen in total urigen Cabanas in einer Anlage, die einem Schweizer gehört, direkt am Strand. Hier ist das totale Surferparadies. Lukas würde Augen machen, wenn er das sehen könnte. Und weißt du was: Ich habe mich heute zu einem Surfkurs angemeldet!

Das Surfboard kann man sich ausborgen. Und der Surflehrer verlangt von Frauen nur den halben Preis (nein, nicht was du denkst, sondern weil Frauen nicht so viel Ausdauer haben und mehr Pausen brauchen). Voll geil, wie Babsi sagen würde.

Am Wochenende machen wir eine Safari in einen Nationalpark. Angeblich kann man Krokodile und manchmal sogar Leoparden sehen.

Ich hoffe, euch geht es gut. Was macht Laura? Schaut ihr eh nicht den ganzen Tag nur DVD?

Hast du von Lukas schon etwas gehört? So, das Licht flackert schon wieder. Ich hör besser auf.

Kuss – bis bald, Bine

Liebe Grüße von Babsi

PS: Du kannst mich auch anrufen. Das ist billiger, als wenn ich dich anrufe. Ruf auf der Nummer von Lukas an! Er hat mir sein Handy geborgt. Er darf am Schikurs eh nicht telefonieren.

Betreff: Notfall! Wichtigkeit: hoch! Bestätigung der Übermittlung anfordern. Lesebestätigung anfordern
Von: „Ulrike Sibera" <ulrike_sibera@hotmail.com>

Ulrike Sibera *Sehr geehrter Herr Gruber,*
Es tut mir leid Ihnen mitteilen zu müssen, dass Ihr Sohn heute beim Snowboarden einen Unfall gehabt hat. Lukas ist mit seinen Snowboard im steilen Gelände gestürzt und musste mit der Bergrettung ins Tal gefahren werden. Glücklicherweise wurde im Spital nur ein Beinbruch und eine leichte Gehirnerschütterung festgestellt. Es geht ihm den Umständen entsprechend gut und Sie müssen sich keine Sorgen machen. Da Ihre Telefonnummer bei den Notfalladressen offenbar nicht mehr stimmt und Lukas kein Handy bei sich hat, bleibt mir nur diese Form der Mitteilung. Ich bitte Sie, sich umgehend mit mir in Verbindung zu setzen, sowie mit dem Spital bezüglich einer vorzeitigen Überstellung nach Hause Kontakt aufzunehmen. Sämtliche Adressen und Telefonnummern sind in der Anlage.
Sollte ich keine Antwort bekommen, werde ich die Schule veranlassen, dass ein Rücktransport organisiert wird.
Ulrike Sibera

Betreff: AW: Notfall! Wichtigkeit: hoch! Bestätigung der Übermittlung anfordern. Lesebestätigung anfordern
Von: „walter.gruber" <walter_gruber@gmx.com>

Walter Gruber *Melde mich telefonisch noch heute. Bin morgen am Vormittag in Maria Alm.*
lG
Walter Gruber

Betreff: AW: Re: Surfparadies
Von: „walter.gruber" <walter_gruber@gmx.com>

Walter Gruber *Liebe Bine, bin froh, dass es euch gut geht. Bei uns ist alles okay. So weit. Melde mich in den nächsten Tagen mit mehr Info.*

5

INTERNET SURF Café
CYBER
CD-BURN
EMAIL
FOREIGN EXCHANGE BUREAU
INTERNET E-mail→ Thomas Cook

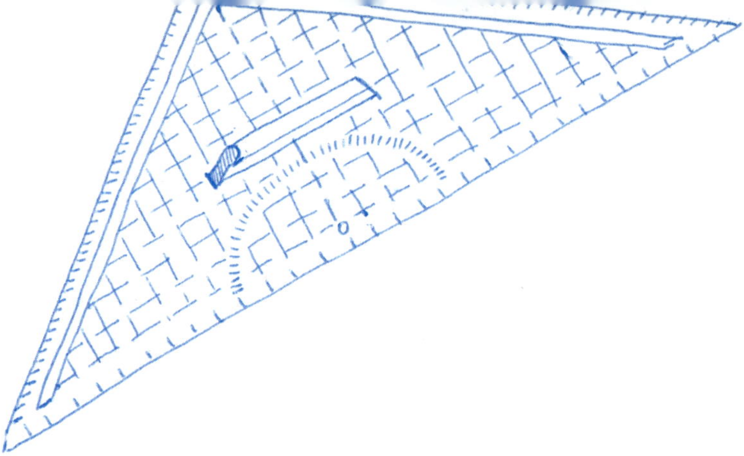

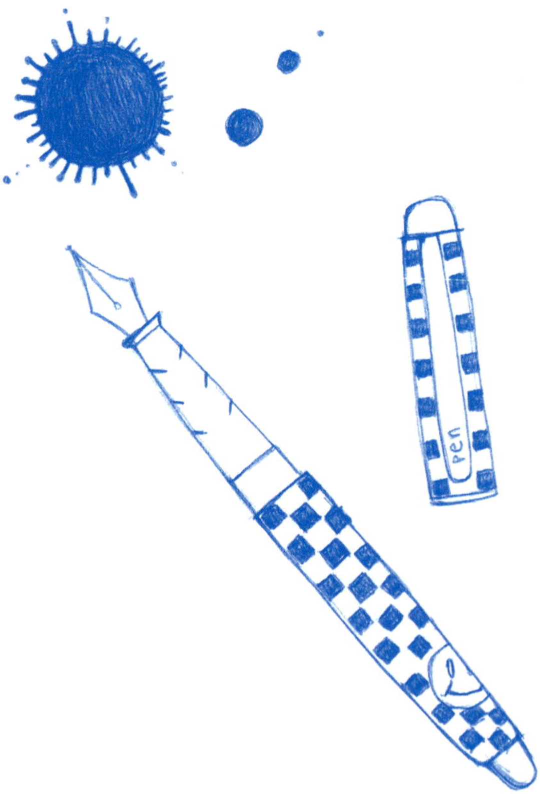
pen

19

C:\Users\Walter\Dokumente\LukasSchule\TagebuchadMitteilungsheft
Samstag, 5. 2.

Wie heißt ein Sprichwort der Lakota-Indianer: „Wenn du merkst, dass du ein totes Pferd reitest, steig ab.“ Wobei ich jetzt nicht sagen kann, bin ich der Reiter oder das Pferd … Ab jetzt ist jedenfalls wieder Sabine dran!

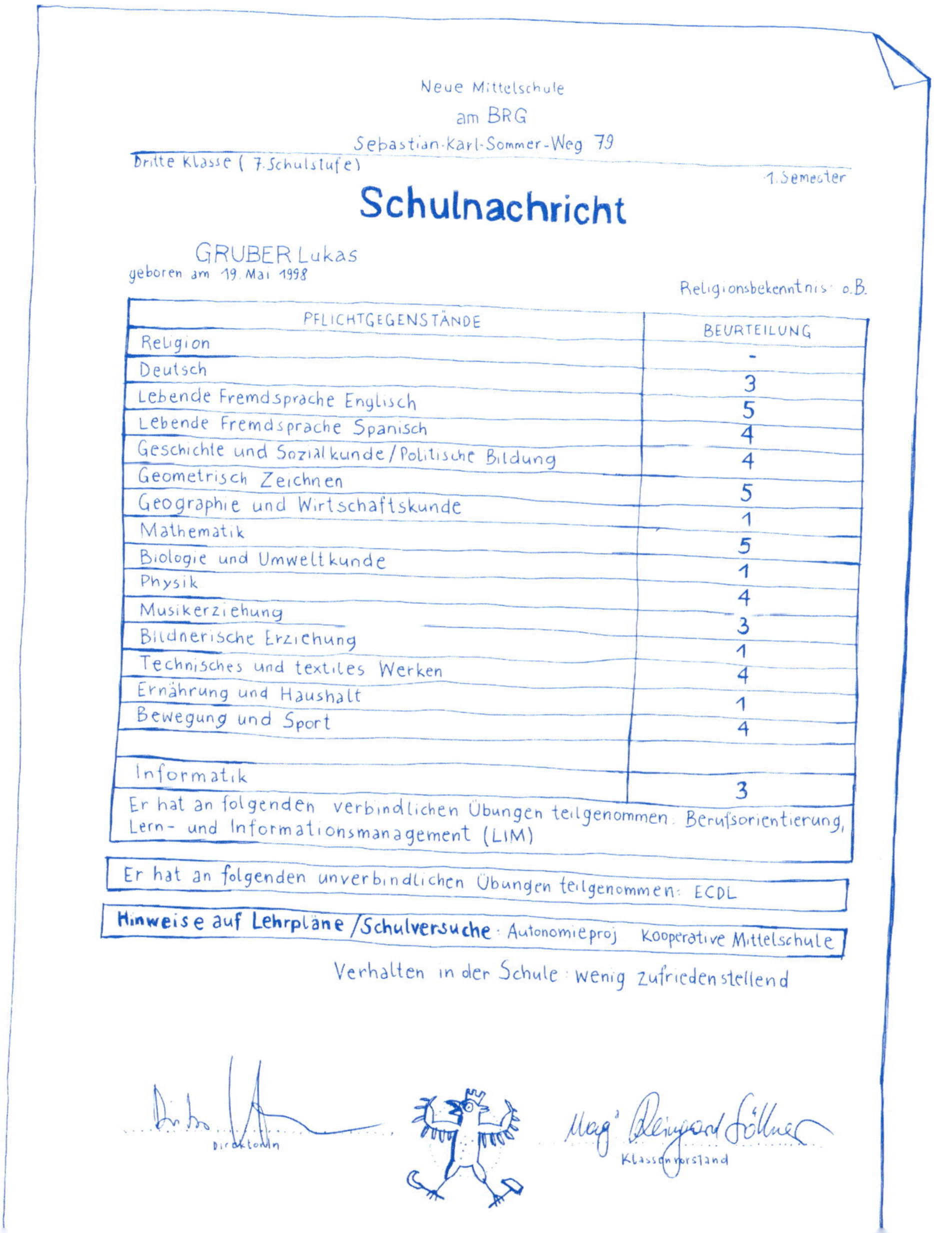

Neue Mittelschule
am BRG
Sebastian-Karl-Sommer-Weg 79

Dritte Klasse (7. Schulstufe) 1. Semester

Schulnachricht

GRUBER Lukas
geboren am 19. Mai 1998

Religionsbekenntnis: o. B.

PFLICHTGEGENSTÄNDE	BEURTEILUNG
Religion	-
Deutsch	3
Lebende Fremdsprache Englisch	5
Lebende Fremdsprache Spanisch	4
Geschichte und Sozialkunde / Politische Bildung	4
Geometrisch Zeichnen	5
Geographie und Wirtschaftskunde	1
Mathematik	5
Biologie und Umweltkunde	1
Physik	4
Musikerziehung	3
Bildnerische Erziehung	1
Technisches und textiles Werken	4
Ernährung und Haushalt	1
Bewegung und Sport	4
Informatik	3

Er hat an folgenden verbindlichen Übungen teilgenommen: Berufsorientierung, Lern- und Informationsmanagement (LIM)

Er hat an folgenden unverbindlichen Übungen teilgenommen: ECDL

Hinweise auf Lehrpläne / Schulversuche: Autonomieproj Kooperative Mittelschule

Verhalten in der Schule: wenig zufriedenstellend

Direktorin

Klassenvorstand

Epilog

Mitteilungsheft

Walter Gruber
per Computerausdruck

Liebe Frau Söllner,
Da ich Ihnen das Versprechen gegeben habe, Sie nicht mit E-Mails zu belästigen, sende ich Ihnen diese Nachricht in gewohnter Weise per Computerausdruck im Mitteilungsheft. Ich hoffe, die Post wird das ihre zum Gelingen dieses Unterfangens beitragen. Anbei wie gewünscht in Kopie und unterschrieben auch die – wenig erfreuliche – Semesternachricht.
Auch unsere neuen Telefonnummern habe ich inzwischen im Sekretariat hinterlegt. Tatsächlich habe ich meinen Anbieter gewechselt – genau genommen war es ein Weihnachtsgeschenk, das mir einen nagelneuen, super viele Apps habenden Smart-Trottel beschert hat –, und ich habe vergessen, die neue Nummer in der Schule bekanntzugeben. Sorry!
Wie Sie wissen, liegt mein Sohn nach einem komplizierten Waden- und Schienbeinbruch noch immer im Krankenhaus. Er sagt, das Snowboard ist mit ihm durchgegangen. Vielleicht hätten wir ihm doch ein eigenes kaufen sollen.

Vielleicht hätten wir ihn auch gar nicht nach Maria Alm mitfahren lassen sollen. Haben Sie übrigens gewusst, dass Wolf Haas aus Maria Alm stammt? So richtig stammt. Aufgewachsen, zur Schule gegangen, das ganze Kindheitspaket. Aber das nur nebenbei und weil ich Wolf Haas schwer verehre. Wie der wohl in der Schule gewesen ist? In Mathe zum Beispiel? Hat der auch sein ganzes Taschengeld dafür verwendet, gute Noten zu bekommen?
Für Lukas ist ein Schulbesuch in den nächsten ein, zwei Monaten ausgeschlossen. Insofern werden Sie in dieser Zeit kaum Schwierigkeiten mit ihm haben ☺. Auch sonst werde ich mich bemühen, diesen Umstand positiv zu sehen. Es heißt ja, dass Knochen nur brechen, wenn der Geist sagt, dass sie brechen sollen. Aber was heißt es nicht schon alles …
Status quo im Haus Gruber in 5 Punkten:

- *Kein Stress mit Hausaufgaben*
- *Kein Stress mit Noten*
- *Keine Nachhilfestunden*
- *Keine Mitteilungen*
- *Kaum noch Streit unter dem Altar ☺*

Und was die Einstellung meines Sohnes zur Schule betrifft, kann ich Ihnen nur das schreiben, was Ihnen meine Frau schon am Anfang des Schuljahres geschrieben hat: Wir arbeiten daran. Versprochen.
mfG
Walter Gruber, am Sonntag, den 6. Februar

Sind Sie noch schulfit?

Schul-Know-how für praktizierende Eltern

AHS, vulgo Gymnasium

Gilt in Österreich als *die* „Mittelschule". Dabei besuchen auf der Mittelstufe (5. bis 8. Schulstufe) nach wie vor zwei Drittel der österreichischen Schüler[1] die Hauptschule, auch wenn sich diese zurzeit im Stadium der Verpuppung zur **Neuen Mittelschule** befindet (siehe Seite 185). Landesweit sitzen aktuell rund 100.000 Kinder in der Unterstufe eines Gymnasiums, 10.000 weniger sind es in der Oberstufe. Zum Leidwesen der dort unterrichtenden Professorinnen (siehe auch: **Professor**, Seite 186) werden unsere Gymnasien nicht immer von den klügsten kleinen Köpfen des Landes besucht, sondern von jenen, deren Eltern auch schon dort waren. – Mehr von dem, was man zynisch „Vererbung der Bildung" nennt, unter www.arbeiterkammer.at oder unter www.iv-net.at (Homepage der Industriellenvereinigung). Jedenfalls haben 75 Prozent aller Kinder in der AHS-Oberstufe Eltern mit mindestens Matura-Abschluss. Umgekehrt haben nur drei Prozent der Schüler dort Eltern mit Pflichtschulabschluss. Nach der AHS-Unterstufe wechseln 93 Prozent der Abgänger entweder in die AHS-Oberstufe oder an eine Berufsbildende höhere Schule (BHS, 31 Prozent). 85 Prozent der AHS-Absolventen sind innerhalb von drei Jahren an einer Hochschule inskribiert. Von Österreichs Hauptschulen wechselten zuletzt nur magere 8 Prozent in eine AHS-Oberstufe. Hauptschülerinnen gehen an BHS und Polys (zu je rund 30 Prozent), an Berufsbildende Mittlere Schulen (21 Prozent) und Berufsschulen (8 Prozent) bzw. verlassen die Schullaufbahn (6 Prozent). Ob die Umetikettierung auf „Neue Mittelschulen" daran etwas ändern wird?

Auf (haben, geben, sein, bekommen etc.)

Auf ist eine Präposition, die im Schulalltag überproportional häufig verwendet wird. So sind z. B. Hausausgaben *auf*. Anwendungsbeispiel: *Frau Lehrerin, was war gestern auf? – Nichts. Oder hast du etwas? – Das nicht, aber Sie geben normal immer was auf.*

So wie die Wendungen *auf sein, auf haben, auf geben* oder *auf bekommen* Übungsstoff bezeichnen, ist das Verb *kommen* untrennbar mit Prüfungsstoff verknüpft (siehe auch **Stoff**, Seite 190). *Kommt* ein Stoff, dann in der Regel zu einem Test, zu einer Schularbeit oder einer anderen Form der schriftlichen Zensur. Anwendungsbeispiel: *Niko, meine Mutter will, dass du ihr sagst, was morgen in BU kommt? – Steht eh im Heft: Der Mensch. – Schon, aber es steht nicht, welcher?*

Aufzeigen

Ist in der Klasse (siehe auch: **Klasse**, Seite 182) die übliche Form, sich zu Wort zu melden, und wird dort oft im Imperativ verwendet. Anwendungsbeispiel: *Aufzeigen bitte!* Oder auch schlicht: *Aufzeigen!* Mitunter konjunktivisch: *Hättest du aufgezeigt statt hinauszurufen, wäre es ein Plus geworden.*

Das Prinzip Aufzeigen ist insofern problematisch, als es außerhalb der Schule selten geschieht, dass

---

1 Da ich im Zusammenhang mit Lehrpersonal jetzt bevorzugt die weibliche Form verwende (= „Lehrerinnen" für Lehrer und Lehrerinnen), sind die Schüler in diesem Glossar vereinheitlicht männlich.

eine Person von mindestens zwei Dutzend anderen ein Handzeichen erwartet, bevor sie dann willkürlich entscheidet, wer *dran kommt*. Ausnahmen: der Kreml, das Weiße Haus, das Volksbüro in Peking, der Kasernenhof sowie Pressekonferenzen bei Frank Stronach.

Begabung

Wird, wenn, dann nur Kindern und anderen Anfängern zugesprochen, später: Know-how. Begabungen sind zwar auch vom besten Lehrpersonal in ihrer Vielfalt kaum festzumachen, dienen jedoch relativ oft als Legitimation für die in Österreich übliche Trennung von Zehnjährigen in a) gymnasiumreife und b) andere Schüler. Am ehesten noch auf dem so genannten „Lande" geht das vermeintlich allgemein begabte Kind gemeinsam mit dem allgemein vermeintlich unbegabten Kind in die nahe gelegene Hauptschule. Die Chancen, dass ein solches Kind seine Bildungskarriere an der Universität beschließt, sind allerdings gering, denn dorthin wird auch auf dem Lande den Kindern aus den Gymnasien ver-(nach-)geholfen.
Hat ein Kind so genannten „Migrationshintergrund" und heißt es nicht gerade Steffen Hofmann oder Anna Netrebko, sondern z. B. Vukovic oder Yilmaz, dann schwindet die Bedeutung von Begabung, denn dann gilt: „Zuerst wird Deutsch gelernt!" Dann müsste sogar ein Einsteinovic jun. damit rechnen, in eine Förderklasse zu kommen, in der seine Begabung für was auch immer weniger wichtig ist als die s-ss-ß-Schreibung. Auch wenn bei einem Kind „Verhaltensauffälligkeit" oder „Lernbehinderung" diagnostiziert wird, stehen die Chancen auf Begabtenförderung schlecht. Sei es, dass sich das Kind hartnäckig weigert, fünf Stunden am Tag im Stück auf Holzsesseln zu sitzen, um aufmerksam dem zu lauschen, was es noch nie hören wollte; sei es, dass es ein Chromosom zu viel oder zu wenig hat und dann als „geistig behindert" gilt, obwohl seine Behinderung vor allem darin liegt, dass wir auch von ihm das 7er-Einmaleins und das Satzgliederverschieben verlangen – in jedem Fall werden seine Lehrerinnen dermaßen damit beschäftigt sein, dem Kind „Disziplin" bzw. den 1er-Vorteil beizubringen, dass für Begabungssuche kaum noch Zeit bleibt. In einem Interview für die deutsche „Welt" meinte der Hirnforscher Gerald Hüther: „Jedes Kind ist auf seine Weise hochbegabt. Und nur unser komischer Bildungsbegriff verwechselt die Fähigkeit, sich im Schulsystem einigermaßen durchzuschlagen, mit Begabung." Das nenne ich einen Ansatz.

Direktoren (= Schulleiter)

Werden verzweifelt gesucht! Schuldirektoren waren einst neben Bürgermeister, Pfarrer und Apotheker die Promis im Ort. Heute reißt sich nicht nur keiner (bzw. keine) mehr um die Funktion eines Schulleiters (immer noch überproportional häufig Männer), dessen Job-Description in zwei Worten „Sekretär mit pädagogischer Ausbildung" lauten müsste, vielmehr finden immer mehr Schulen gar keine Leitung. In Salzburg (Land) etwa werden seit Jahren für rund 50 Pflichtschulen Direktorinnen oder Direktoren gesucht. Bei jeder fünften Ausschreibung gab es keine einzige Bewerbung, für mehr als die Hälfte dieser Schulen fand sich gerade einmal ein Kandidat. Wen wundert's? Schulleiterinnen verdienen kaum mehr als Lehrerinnen – in einer durchschnittlichen Volksschule rund € 200,– netto mehr als eine Lehrkraft mit den gleichen Dienstjahren –, sie sind quasi die Leibgarde der jeweiligen Schulbehörde und haben als solche auch kaum Befugnisse. Weder dürfen sie sich ihr Personal aussuchen, noch haben sie Entscheidungshoheit bei der Einschreibung der Schüler. Im günstigsten Fall tut die Schulleiterin ihr Bestes – und ihre Lehrerinnen lassen sie gewähren. *Schau dir den Direktor an und du weißt, wie die Schule ist?* Irrtum! *Schau dir an, wie der Direktor beieinander ist – und du weißt, wie seine Lehrer sind …* Brett Wigdortz, Mitbegründer der in England gegründeten und seit 2012 auch in Österreich beheimateten Bildungsinitiative „Teach for all", brachte es in einem „Standard"-Interview so auf den Punkt:
„In England hat der Lehrberuf viel mehr mit Führungsverantwortung zu tun. Die Schuldirektoren in Österreich haben viel weniger Macht. In England entscheidet die Direktion, welche Lehrer angestellt werden, welche strategische Richtung eine Schule

einnimmt. Mit einem guten Direktor, der Kapazität und Kompetenz hat, kann man viel bewegen. Vielleicht ist das in Österreich das Problem."

Durchkommen und Durchlassen

Das A und O unseres Schulsystems. Wer *durchkommt*, hat es geschafft, wer *durchgelassen* wird, auch, nicht ganz sauber, aber eben doch geschafft. Anwendungsbeispiel: *Liebe Frau Gruber, Ihrer hat heute doch seine Entscheidungsprüfung gehabt, ist er durchgekommen? – Können hat er nichts, aber die Söllner hat ihn durchgelassen.* Das Ziel eines zwölf Jahre währenden Durchkommens und -lassens ist im österreichischen Regelfall das Maturazeugnis einer AHS, ohne das du angeblich nämlich 1) nicht studieren kannst, 2) nicht ... studieren kannst und 3) geht studieren ohne Maturazeugnis natürlich auch nicht! Außer du besuchst gleich eine berufsvorbereitende höhere Schule (BHS), die führt nämlich auch schnurstracks zur Matura. Oder du machst eine Studienberechtigungsprüfung. Oder eine Berufsreifeprüfung. Oder die Lehre mit Matura. Aber all das hat sich in der heimischen Elternschaft offensichtlich noch nicht so richtig herumgesprochen.

Elternsprechtage

Keiner will sie, keinem bringen sie etwas. Als Mutter oder Vater stehst du stundenlang Schlange, um dann minutenlang nichts Neues zu erfahren; als Lehrerin sitzt du stundenlang in deiner Klasse, um dich dann minutenlang zu fragen, zu welchem Kind jetzt der Vater gehört hat, der nicht wusste, in welche Klasse seine Tochter geht. Für Elternsprechtage gilt dasselbe wie für den Schulfotografen (siehe **Fotograf**, Seite 180): In dieser Form abschaffen! Und zwar so schnell wie möglich! Bereits geschehen z. B. in der Georg-Christoph-Lichtenberg-Schule im deutschen Göttingen („Beste Schule Deutschlands, 2011", ganz nebenbei: eine Gesamtschule). Dort werden die Lehrerinnen von den Eltern der Schüler in einem streng festgelegten Prozedere und einem Monatszyklus folgend *nach Hause* eingeladen. Ein Modus operandi, der funktioniert, weil dort die Klassen aus Kleingruppen bestehen (fünf Sechser-Tischgruppen pro Klasse). Viermal im Jahr richtet jeder Tisch einen Elternabend aus. So kommen die Klassen-Lehrerinnen auf 20 „Elternsprechtage" im Jahr, mit jeweils zwischen 15 und 20 beteiligten Müttern, Vätern und Kindern. „Nach ihren Präsentationen gehen die Kinder spielen, irgendwann gehen die Lehrer nach Hause, und dann beginnt der gemütliche Teil des Abends."

Neu in den NMS (siehe: **Neue Mittelschule**, Seite 185): Das KEL-Gespräch anstelle des Elternsprechtags. K für Kinder, E für Eltern, L für Lehrerinnen. Idee: Das Kind referiert, präsentiert, demonstriert, was es alles kann, die Erwachsenen sind staunende Zuhörer. Praxis: Die Erwachsenen referieren und klagen einander, was das Kind alles nicht kann, das Kind ist staunender Zuhörer.

Fächer

Auch „Gegenstände" genannt. Gibt es bei uns seit dem Mittelalter. Für einen angehenden Ritter anno 1300 stand auf dem Stundenplan: *Schwimmen, Reiten, Bogenschießen, Schwertkampf, Jagd, Brettspiele, Poesie.* Das Bildungsmenü für einen angehenden Gelehrten: *Grammatik, Rhetorik, Dialektik, Arithmetik, Geometrie, Musik, Astronomie.*

Aus diesem Kanon haben sich seit dem Mittelalter unsere Schulfächer entwickelt, leider war dann bald Schluss mit „Entwicklung". Immer noch gibt es die „Hauptfächer" Deutsch, Mathematik, Englisch, das tote Latein sowie Französisch, welches zwar lebt, aber außer in Frankreich, der kanadischen Nationalchauvinistenprovinz Quebec und den diversen Filialen des „Sacré Coeur" oder „Lycée Français" kaum noch gesprochen wird, dazu je nach Ausrichtung der Schule z. B. Darstellende Geometrie oder Griechisch, das bekanntlich nicht einmal mehr in Griechenland gesprochen wird. Das Schicksal des „Nebenfachs" teilen sich z. B. „Geschichte und Sozialkunde"(GS), „Biologie und Umweltkunde" (BU oder BIO), „Geografie und Wirtschaftskunde" (GW), „Physik und Chemie" (PH, CH), „Musikerziehung" (ME), „Bildnerische Erziehung" (BE), „Bewegung und Sport" (BS) sowie „Nebennebenfächer" wie z. B. „Textiles" bzw.

„Technisches Werken“, „Ernährung und Hauswirtschaft“ u. ä.
2010 veröffentlichte die „Kleine Zeitung“ das interessante Ergebnis einer IMAS-Studie über die Bedeutung der Unterrichtsfächer. 1000 Befragten wurde eine Liste mit 14 Lehrstoffen vorgelegt. Frage: Welche unter diesen sollten stärker und ausführlicher als bisher behandelt werden. An erster Stelle mit 51 Prozent stand der Umgang mit Computern und Informatik. Auf den folgenden Plätzen mit Werten über 40 Prozent landeten Englisch, Deutsch und andere lebende Sprachen wie Französisch oder Italienisch. Mathematik wurde von 33 Prozent genannt, Physik und Chemie von 23 Prozent. Das geringste Verlangen nach „Zuschlag“ ernteten Kunsterziehung, Religion, Geschichte sowie Latein und Griechisch.
In diesem Zusammenhang: Im „profil“ (20. Mai 2012) wurde der Hirnforscher Manfred Spitzer so zitiert: „Wissenschaftlich gesehen wären die wichtigsten Schulfächer Musik, Sport, Theaterspielen, Kunst und Handarbeiten.“ Studien hätten eindeutig bewiesen, dass sowohl das Gedächtnis als auch die Intelligenz weniger durch Fachunterricht gefördert würden als durch kreative Betätigung.

Felgeaufschwung

Turnvater Jahn erfand die Turnübung am Reck, bei der die Füße nach Art einer Radfelge zu einem Schwung führen, den er entsprechend „Felgeaufschwung“ nannte. „Der Felgaufschwung (auch: Feldaufschwung, Felgeaufschwung oder Hüftaufschwung) wird am Stufenbarren oder Reck geturnt. Beide Hände liegen auf Hüftbreite an der Stange. Man stößt sich mit beiden Füßen vom Boden ab, lässt die Arme angewinkelt und zieht sich in einer Art Rückwärtssalto in den Stütz.“ (Quelle: Wikipedia) Und aus der Praxis: Man nimmt Schwung, kommt mit den Füßen nicht rauf, die Turnlehrerin schüttelt mitleidig den Kopf und der Nächste ist dran. Den 2er in Turnen kriegt man trotzdem, weil man immer brav seine Turnsachen mitgehabt hat.

Fotograf

Gehört in den Schulherbst wie die Herbstferien in die Gymnasien. Am Ende des meist halbtägigen Prozederes, im Zuge dessen die Schulklassen hintereinander vor die Kamera geführt werden, hängt in der Direktion ein neues Foto des Lehrkörpers, alle Lehrerinnen haben neue Passfotos, an Hand derer sie feststellen, dass der alte Fotograf doch der bessere war, und Hunderttausende von Schülern haben Hunderttausende von Fotos, für die ihre Eltern teuer bezahlen, obwohl sie sie gar nicht brauchen. Beispiel: *Schatz, hast du Lukas die 50 Euro schon ins Mitteilungsheft gelegt? – Was, schon wieder? Ich hab doch erst gestern 20 Euro f … – Der Fotograf war da.* Rund 50 Euro löhnt man für nutzlose Schein-Ausweise im trendigen Kartenoutfit, die leider zu genau gar nix berechtigen, Porträts als Klebesticker in 20-facher Ausführung und so genannte Freundschaftsfotos von besten Freundinnen, die zum Zeitpunkt der Verteilung bereits beste Ex-Freundinnen sind. Schluss damit! Blöd schauen können wir alle zusammen auch privat.

Frühwarnung

Ist ein Alarmsystem, das sich an die Eltern eines Schülers richtet, physisch in Form eines Formulars, das die Eltern zu unterschreiben haben. Inhalt: Alarm, Ihrem Kind droht im nächsten Zeugnis ein „Nicht genügend“. Tun Sie also etwas! Fragt sich freilich: Was? Der Gesetzgeber sieht das so:
SchUG §19 (3a) Wenn die Leistungen des Schülers auf Grund der bisher erbrachten Leistungen in einem Pflichtgegenstand zum Ende des 1. oder des 2. Semesters mit „Nicht genügend“ zu beurteilen wären, ist dies den Erziehungsberechtigten unverzüglich mitzuteilen und dem Schüler sowie den Erziehungsberechtigten vom Klassenvorstand oder vom unterrichtenden Lehrer Gelegenheit zu einem beratenden Gespräch zu geben (Frühwarnsystem). Dabei sind insbesondere Fördermaßnahmen zur Vermeidung dieser negativen Beurteilung (z. B. Analyse der Lerndefizite unter Einbeziehung der individuellen Lern- und Leistungsstärken, Fördermöglichkeiten, Förderunterrichtsangebote, Leistungsnachweise) zu erarbeiten und zu beraten. (…)
Wenn Sie mich fragen – in einem gesunden Bildungs-

system wären *Analyse der Lerndefizite unter Einbeziehung der individuellen Lern- und Leistungsstärken, Fördermöglichkeiten und Förderunterrichtsangebote* Sache des Schul- und nicht des Elternhauses.
Eine Frühwarnung meines Zuschnitts sähe daher eher so aus: *Lieber Elternteil Soundso, freundlich teile ich Ihnen mit, dass Ihr Kind, damit es einigermaßen auf Bahn kommt, in den nächsten paar Wochen verstärkt dieses, solches und jenes bei uns machen/lernen/versuchen wird. Zusätzliche Fachleute werden, falls nötig, eingeflogen. Gut wäre es, wenn Sie uns dabei insofern unterstützen könnten, als Sie ihm/ihr nahelegen, Fernseher/Smart-Phone/iPad/PC vor Mitternacht abzudrehen.*
Hochachtungsvoll, Lehrerin XY.

Gratisschule

Ein Leser aus Niederösterreich, vierfacher Vater, mailte mir auf eine meiner Kolumnen[2] im „Kurier" folgende Auflistung. € 450,– für die Wien-Woche, € 650,– für den Schikurs, € 30,– Kopierbeitrag, € 40,– Hauswirtschaft und Kochen, € 50,– Elternverein, € 60,– Zeichnen und GZ , € 250,– zusätzliche Hefte und Bücher, € 30,– Fahrausweis, € 120,– Theater, Museum, Kino, € 150,– Schulprojekte (Drogenprävention, Essstörungen, Peergroup-Education usw.), Summe pro Schuljahr und Kind: € 1830,–
So sieht also die österreichische Gratisschule aus. Noch mehr zum Thema „Gratisschule" unter **Nachhilfe**, Seite 185.

Gymnasium (siehe AHS, Seite 177)

Hier nur so viel: Bist ein Gymnasiast, bist ein Gymnasiast. Bist kein Gymnasiast, bist kein Mensch.

Häuslicher Unterricht

In Österreich gibt es, anders als z. B. in Deutschland, keine Schulpflicht, sondern nur eine Unterrichtspflicht, die auf Maria Theresia und das Jahr 1774 zurückgeht. Kinder können daher vor Schuljahrbeginn zum „häuslichen Unterricht" angemeldet werden, wenn der Erziehungsberechtigte selber zumindest die Matura hat und glaubhaft machen kann, dass er einen „mindestens gleichwertigen" Unterricht anbieten kann wie die Schule. Als „Schulersatzdienst" quasi der „Zivildienst" des österreichischen Schulsystems. Die Schulbehörde entscheidet dann innerhalb eines Monats, ob dem Ansuchen entsprochen wird. Spätestens ein Jahr später muss das Kind in einer dafür berechtigten Schule zur „Externistenprüfung" antreten. Inoffiziell werden aktuell rund 1500 Kinder zu Hause unterrichtet, Tendenz stark steigend. Ein Viertel der Kinder, die in Österreich zum häuslichen Unterricht angemeldet sind, sind übrigens Kinder deutscher Eltern.
Die gelernte Lehrerin steht dem Umstand, dass ein Kind „zivil" unterrichtet wird, naturgemäß skeptisch gegenüber. Kann ein solches Kind Spaß am Ernst des Lebens haben? Kann es Satzglieder verschieben? Kann es in Zweierreihe gehen? Kann es aufzeigen?

Hausübung

Auch HÜ genannt. Ihr Wert ist umstritten. Der Zeitaufwand dafür ist hoch – für die Schüler, die sie zu machen haben, für die Lehrerinnen, die sie zu verbessern haben. Und nicht zuletzt für Eltern, die es sich angewöhnt haben, Hausübungen mit oder gar für ihre Kinder zu machen. Anwendungsbeispiel: *Martha, jetzt haben wir uns seit Wochen nicht mehr gesehen. Um drei Uhr im Segafredo? – Nein, Luise, geht nicht, wir haben heute in Mathe sooo viel HÜ auf bekommen.*
Einmal fragte der „Standard online": Machen Sie mit Ihrem Kind die Hausaufgaben? Ergebnis: Und wie!!!

- *Manchmal, wenn es die Situation ermöglicht oder erfordert: 24,1%.* Siehe auch **Nachhilfe**, Seite 185.
- *Ja, immer. Weil ich es für wichtig halte, über den Schulerfolg meines Kindes informiert zu sein: 21,8%*
- *Gegenprobe: Nein, mein Kind macht seine Hausaufgaben ausschließlich alleine: 6%*

Hofrat

Nichtakademischer Titel, der in Österreich nicht nur das Ende des Kaiserreiches und damit des kaiserlichen Hofes, sondern auch den Zweiten Weltkrieg

2 Niki Glattauer hat in der Tageszeitung „Kurier" eine wöchentliche Kolumne mit dem Titel „Schule – und der Rest des Lebens".

überlebt hat. Direktoren und Direktorinnen an Höheren Schulen kann der „Hofrat“ als Ehrentitel vom Bundespräsidenten verliehen werden.

I-Lehrer

Integrationslehrer. Nein, haben mit Kindern von Zuwanderinnen a priori nichts zu tun. Per definitionem haben I-Lehrer die Aufgabe, Kinder mit „special needs“ (= sonderpädagogischem Förderbedarf auf Grund bestimmter körperlicher oder geistiger Befindlichkeiten, die von der Norm abweichen, wie Dyskalkulie, Down-Syndrom, Blindheit etc.) in Regelschulklassen zu integrieren. I-Klassen findet man in Volks- und Hauptschulen (alias NMS), so gut wie nicht gibt es sie in Gymnasien. In den skandinavischen Ländern kommt im Schnitt jeder siebente Schüler eines Jahrgangs in den Genuss einer „Special Needs Education“, in Finnland sind es 17 Prozent. Wer also nach Finnland schaut, könnte zu dem falschen Schluss gelangen, dass dort sechsmal so viele körperlich oder intellektuell behinderte Menschen leben wie bei uns, wo kaum drei Prozent der Schüler einen sogenannten „sonderpädagogischen Förderbedarf“ haben (rund fünf Prozent in Wien). Des Rätsels Lösung: In Österreich wird der Anteil der SPF-Kinder behördlich gedeckelt. Mehr Behinderung ist budgetär nicht vorgesehen. Derzeit gibt es in Österreich 27.660 Schüler mit einem SPF, die meisten davon werden nach dem Lehrplan der „Allgemeinen Sonderschule“ unterrichtet (peinlicherweise offiziell ASO-Lehrplan genannt. Dass ASO eine Assoziation mit „asozial“ geradezu aufdrängt, ist offenbar auch schon wurscht). Etwa die Hälfte der – hm – ASO-Schüler besucht eine integrative Schule, von 30 Prozent in Vorarlberg bis fast 80 Prozent in der Steiermark. Seit September 2012 gibt es in Österreich erstmals auch ein Gymnasium mit einer inklusiven Oberstufe, nämlich das inklusive Oberstufenrealgymnasium der Diakonie in Grödig (Salzburg). Gestartet wurde mit einer Klasse, in der 20 Kinder ohne Behinderung gemeinsam mit vier Kindern mit Behinderung unterrichtet werden. Die AHS-Lehrer werden von zwei Sonderpädagogen unterstützt.

Im Entwurf für die „Lehrerinnenbildung neu“, Stand Mai 2013, waren eigens ausgebildete „Sonderschullehrerinnen“ übrigens nicht mehr vorgesehen. Sie sollen im Zuge ihrer Ausbildung „eine Spezialisierung“ erfahren (Volksschullehrerinnen), bei Hauptschullehrerinnen anstelle eines zweiten Unterrichtsfachs. Warum nicht unisono *alle* Lehrerinnen (inklusive solcher an AHS) unabhängig von ihren Fächern eine Zusatzausbildung für Kinder mit SPF bekommen, weiß nur der Wind – und vermutlich die AHS-Lehrerinnengewerkschaft.

Kindergartentante

Ist in Österreich noch immer die handelsübliche Bezeichnung für die ausgebildete Frühkindpädagogin, egal welchen Geschlechts. Anwendungsbeispiel: *Und was hat deine Tante gesagt, wie du gesagt hast, dass die Mami gesagt hat etc. – Heute war der Michael. – Aha. Michael. Ist der ... also ... ist das eure neue Tante? – Was meinst du damit? – Na gut, was hat der Kindergärtner gesagt, als du gesagt hast, dass* etc. ... 36.000 Frühkindpädagoginnen gibt es aktuell in Österreich. Deren Ausbildung geschieht – bei großteils sehr hoher Qualität – auf den BAKIPs, auf denen mit Matura abgeschlossen wird.

Klassen

Im „Falter“ befragten Ingrid Brodnig (Staatspreisträgerin für Bildungsjournalismus 2012, Kategorie Förderungspreis) und die Autorin Sibylle Hamann unter dem Titel „Reißt unsere Schulen ab!“ zum Thema „Klasse“ den Studiendekan für Architektur an der TU-Wien, Christian Kühn. Dieser meinte: „Die Wiener Standardschulklasse misst heute wie vor 100 Jahren rund 65 Quadratmeter. Man hat damals einen Quadratmeter pro Schülerkopf gerechnet, dazu eineinhalb Quadratmeter für den Lehrer und weitere eineinhalb für den Ofen.“ Zugegeben, Öfen sind selten geworden. Heute sitzen auch keine 60 Schüler mehr in unseren Klassen. Allerdings bestanden die damals auch noch nicht aus unseren Kevins, Marcels und anderen Ahmets ☺.

Laut Statistik Austria kommen auf eine österreichische Lehrerin 14,5 Volksschüler, zehn Haupt-, Neue Mittel- oder AHS-Schüler, 9 Poly-Schüler und 3,2 Sonderschüler. Wieso dann bis zu 30 Kinder pro Lehrerin in den Volksschulen oder HTL, 25 in den AHS, NMS und Hauptschulen, mindestens 10 in den SPZ-Klassen sitzen, ist eins der großen Geheimnisse der österreichischen Schulpolitik.

Lehrer

Gibt es so nicht. So verschieden wie die einzelnen Baustellen in der Schullandschaft sind auch die dort werktätigen Berufsgruppen. Und wenn schon, dann müsste es Lehrer*innen* heißen. Drei Viertel der österreichischen Lehrer sind Frauen, auf einigen Schulstufen sogar 90 Prozent (z.B. Volksschulen). Doch Österreichs Lehrpersonal ist im internationalen Vergleich nicht nur überproportional verweiblicht, sondern auch überaltrig. Derzeit sind rund 45 Prozent der Lehrerinnen über 50 Jahre alt, mit jeder zweiten Lehrkraft über 50 sind die Hauptschulen am „reifsten" besetzt, an Volks- und Sonderschulen sind die Lehrerinnen im Schnitt 44 bzw. 45 Jahre alt. Zum Vergleich: Im EU-Schnitt sind Grundschullehrer 28,6 Jahre alt.

Neben vielen Amateur-Lehrerinnen (zu finden in gut sortierten Haushalten und allen politischen Parteien) gibt es in Österreich rund 120.000 Menschen, die diesen Beruf erlernt haben. Davon sind 40.000 beim Bund angestellt (z.B. in AHS), 80.000 bei den Ländern (z.B. in Volks- oder Hauptsch…, pardon, Neuen Mittelschulen).

In Österreich gilt: Je älter der Schüler, den sie unterrichtet, desto höher das gesellschaftliche Image der Lehrerin – und ihr Gehalt. Ganz unten im Ranking (bezogen auf Ausbildung und Entlohnung) befindet sich demnach … nein, nicht die Kindergartenpädagogin (die ist nämlich in Österreich gar keine Lehrerin, siehe: **Kindergartentante**, Seite 182), sondern die gemeine Volksschullehrerin. Auf der Mittelstufe (6. bis 9. Schulstufe) ist die Trennung in höheres (AHS-) und weniger hohes Lehrpersonal (HS- oder NMS-Lehrerinnen) die Folge eines Provisoriums, das nach Ende des Zweiten Weltkriegs errichtet und bis heute nicht geändert worden ist. Auch die „Lehrerinnenbildung neu" wird an dieser Situation nichts ändern. Laut Gesetzesentwurf, der bei Fertigstellung dieses Buches noch in Begutachtung war, sollten angehende Lehrerinnen nun die Wahl haben, ihr Studium für den Bachelor (sprich: Bätschela) entweder an einer Uni oder an einer PH zu absolvieren, auch eine Super-Kombi soll in Zukunft angeboten werden. Wer dann und wo und vor allem was unterrichten darf, wird wohl der „Markt" klären. Ich selber, mit Lehrämtern in Deutsch und Geografie sowie einem zweiten Lehramt für Sonderpädagogik, das mich befähigt, in Sonderschulen (alias SPZ) bzw. in der Integration zu unterrichten, habe in den knapp 15 Jahren meiner bisherigen Schulkarriere außerdem noch unterrichtet: Informatik, Geschichte, Kochen, Turnen, GZ, Technisches Werken, Physik und Musik. Warum das so sein darf und warum Österreichs Eltern nicht dagegen auf die Straße gehen, dass ihre Kinder von Laien unterrichtet werden? Fragen Sie mich nicht!

Mathematik

Ist für die meisten Schüler und Schülerinnen unserer Breiten das „Horrorfach" schlechthin. Der Grund liegt nach Auffassung des renommierten deutschen Mathematikers Günter M. Ziegler (dzt. Professor an der FU Berlin, Chauvenet- und Gottfried-Wilhelm-Leibniz-Preisträger) an den – Mathe-Lehrern. In einem Interview für das Wissenschaftsmagazin „heureka" (regelmäßiges Supplement der Wiener Stadtzeitung „Falter") meinte Ziegler vor einiger Zeit: „Der Schulunterricht in Mathe macht keinen Spaß und produziert Schüler, die kein vielfältiges Bild von Mathematik haben. Von jenen, die trotzdem Mathematik studieren, werden die Schwächsten Lehrer. Die sind vom Studium frustriert und gehen dann so zurück in die Schule. Ein Kreislauf." Ist natürlich unfair und bözzze. Aber manchmal tut Bosheit gut. Auf der Fun-Homepage „Stupededia" findet sich folgender Eintrag: „Mathematik löst die Probleme, die die Menschheit ohne sie nicht hätte … Archimedes sagte einmal über die Mathematik: ‚Mathe ist ein Arschloch und Physik sein kleiner Bruder!'"

Matrosenaufgaben

Auch Kapitäns- oder Hirtenaufgaben genannt. Anwendungsbeispiele:

1.) In einer Herde befinden sich 80 Schafe, die von zwei Hunden bewacht werden, die zusammen 20 Jahre alt sind. Wie alt ist ein Schaf?

2.) Ein Kranführer hebt pro Tag 50 Kisten von einem Schiff in den Hafen. Jede Kiste ist 500 Euro wert. Wie viele Tage muss er arbeiten?

3.) Ein Kapitän fährt auf seinem Schiff 10 Jahre um die Welt. Er hat einen Koch, der 40 Jahre alt ist und zwei Matrosen, die jeweils 30 Jahre alt sind. Wie alt ist er selber?

Bei Tests mit deutschen Schülern Mitte der Neunzigerjahre haben Wissenschaftlerinnen der TU Dortmund beobachtet, dass Schüler sogar dann anfangen zu rechnen, wenn sie es eigentlich gar nicht müssten. Beispiel: *Ein 27-jähriger Farmer hat 50 Hühner, 25 Schafe, 15 Schweine und 10 Ziegen. Wie alt ist er?*

Bei einer Untersuchung mit 300 deutschen Schülern und Kindergartenkindern fand jetzt der Pädagoge Hendrik Radatz heraus, dass Grundschulkinder umso häufiger eine „Lösung" ausrechnen, je älter sie sind: Die Jüngsten kamen auf eine Berechnungsquote von nur etwa zehn Prozent, die Zweitklässler auf 30 Prozent, die Dritt- und Viertklässler hingegen auf 54 beziehungsweise sogar 71 Prozent! Anders ausgedrückt: Je mehr Mathematikunterricht die Schüler erlebt haben, desto schneller rechnen sie ohne nachzudenken einfach blind drauflos. Radatz: „Das liegt daran, dass den Kindern in Mathe niemand beibringt, dass Rechnen auch einen Sinn haben muss. Die sehen Zahlen und beginnen wie wild zu rechnen, und zwar meistens genau das, was sie in den Wochen davor gepaukt haben. Addieren, Dividieren, Schlussrechnen. Einfach drauflos. Hauptsache eine Zahl als Ergebnis."

Mitschüler

Hieß früher Klassenkamerad. Ist in der Regel gleich alt wie der eigene Spross – oder er ist ein „Sitzenbleiber". Obwohl das Konzept der Jahrgangsklassen zunehmend kritisiert wird, hält die Regelschule in der Regel daran fest (Ausnahme: Schulversuche in Wien). Noch einmal Brodnig/Hamann im „Falter" (siehe **Klasse**, Seite 182): „In der ersten Klasse sitzen die Sechsjährigen, in der zweiten die Siebenjährigen: Das scheint uns selbstverständlich. Aber es war nicht immer so. Erst das Reichsvolksschulgesetz von 1869 teilte die Kinder nach Alter auf. ‚Das hat man dem Militär nachempfunden', sagt Bildungsexperte Bernd Schilcher; die schulpflichtigen Kinder treten, ebenso wie die wehrpflichtigen Rekruten, ihren Dienst im Herbst an. Vor 1869 hingegen ging man davon aus, dass nicht alle denselben Reifegrad hätten. Deswegen saßen Kinder unterschiedlichen Alters in einem Raum und lernten, je nach Fach, in verschiedenen Gruppen miteinander." Moderne Mehrstufenklassen übernehmen dieses Prinzip heute wieder: Die Kinder lernen jedes in seinem eigenen Tempo, in Kleingruppen oder auch alleine. Manche Wiener Volksschulen praktizieren dieses Modell sehr erfolgreich. Sagen sie jedenfalls, wenn die Journalisten kommen.

Mitteilungsheft

Basis des häuslichen Unfriedens. Ausgangspunkt innerfamiliärer Katastrophen. 70 Prozent aller Streitigkeiten in Österreichs Elternhäusern sind Untersuchungen zufolge auf Probleme mit der Schule zurückzuführen, in den skandinavischen Ländern, wo Schule ausschließlich in der Schule stattfindet, kaum 15 Prozent. Laut einer Befragung in Deutschland in 255 Familien ist vor allem für die soziale Mittelschicht die Schule Stressfaktor Nummer eins. 75 Prozent fühlen sich durch die Schule „zu sehr in Anspruch genommen". Das „Mitteilungsheft", das bessere Wort für „Achtung Problem!", ist auch heute noch in fast allen Schulen ein Papier-Heft, meist in der Größe DIN-A5, in das der Schüler und dessen diverse Lehrerinnen abwechselnd Texte eintragen, die den Schulalltag dokumentieren, vor allem in seinen tragischen Ausformungen. So beginnt eine Eintragung ins Mitteilungsheft nicht selten mit den Worten: *Leider hat …* dann folgt, was Sache ist: *… die Aufgabe vergessen, die Schulsachen nicht dabei, Streit mit dem Sitznachbarn gehabt, wieder, wieder nicht, heute nicht, heute nur, gefehlt, schon wieder gefehlt usw.*

Wenig überraschend gehen Mitteilungshefte überdurchschnittlich oft verloren, werden vergessen, vom Hund gefressen, von der kleinen Schwester irrtümlich das Klo hinuntergespült, vom Winde verweht etc.

Mobbing

Neuer Begriff für altes Leid – das psychische Quälen und Verletzen von „Opfer-Tieren" einer Gemeinschaft. Bezeichnenderweise ist „Du Opfer!" im schulischen Kontext inzwischen zur Schimpfparole mutiert. Eine spezielle Form des Mobbing ist das Cyber-Mobbing im Internet. Alles, was es zu dem Thema zu sagen gibt, finden Sie auf mytopic.at, dem Online-Portal von „Topic", dem Jugendmagazin des österreichischen Jugendrotkreuzes, das in österreichs Schulen fast flächendeckend abonniert wird.

Nachhilfe

Gehört zu einer österreichischen Bildungskarriere wie das Amen zum Gebet. Nur kostet sie mehr als ein Amen: Untersuchungen der Arbeiterkammer zufolge geben Österreichs Eltern 110 Millionen Euro für Nachhilfestunden aus. In einem Kommentar im „Standard" schrieb der Bildungsexperte Karl Heinz Gruber[3] in diesem Zusammenhang von einer „pädagogischen Schattenwirtschaft", die inzwischen drauf und dran sei, ihre Schattenexistenz aufzugeben und als „Parallel-Schulsystem" ans Licht der Sonne zu treten, denn, so Gruber, es gehe zunehmend „nicht mehr bloß um den Ausgleich von Lerndefiziten und die Verhinderung von schulischem Misserfolg, sondern um die ‚Optimierung' von Bildungschancen, um ‚competitive advantage' in einem zunehmend von Konkurrenz und Selektion geprägten Bildungssystem. Eltern mit ‚kulturellem' und ‚richtigem' Kapital schicken ihre Kinder vermehrt auf (teure) Lernferien im In- und Ausland."

Mit fatalen Folgen: Das Nachhilfeunwesen verstärke die soziale Ungerechtigkeit, weil, so Gruber, für einkommensschwache Familien die vermutlich wirksamste Nachhilfe in Form von Einzel- oder Kleingruppenunterricht so gut wie unerschwinglich sei. Und weiter: „Zudem tendieren österreichische Eltern, die selber keine AHS besucht haben, dazu, ihre Kinder, wenn diese in der AHS-Unterstufe in Schwierigkeiten geraten, eher rasch aus der AHS zu nehmen und in die Hauptschule zu schicken, während Mittel- und Oberschichteltern in solchen Fällen das gesamte Instrumentarium der familiären Lernhilfe und der zugekauften Nachhilfe aktivieren."

Neue Mittelschule (NMS)

a) ist sie nicht neu. b) hält sie nicht, was der Name verspricht. Als Schulversuch wurde die NMS in Wien bereits vor 30 Jahren (!) erprobt und evaluiert. Teile des damaligen Konzepts sind inzwischen als „Wiener Mittelschule" (WMS) ins Regelschulwesen übergegangen. Ad b): Fälschlicherweise suggeriert der Name, dass es sich bei der NMS um eine Art „neues Gymnasium" handle. Tatsächlich sind die aktuell knapp 1000 Standorte mit rund 6000 Klassen für rund 120.000 Schülerinnen und Schüler (Plansoll für das Schuljahr 2013/14) zu 90 Prozent umetikettierte Hauptschulen.

Das Auswechseln der Türschilder (in Wien von Hauptschule, HS, zu Kooperativer Mittelschule, KMS, und jetzt zu NMS) wird in Österreich „Bildungspolitik" genannt. Und das ungeniert und offiziell. So bedeute die Einführung der NMS nach Eigenangaben des Bildungsministeriums „einen ersten Schritt auf dem Weg zur gemeinsamen Schule". Natürlich, es ist ein Schritt – und ein teurer dazu –, aber trotz der damit verbundenen pädagogischen Aufrüstung meiner Meinung nach einer in die falsche Richtung, denn er zementiert die parallel laufenden Schulformen ein.

Solange es nämlich die AHS in ihrer so genannten Langform gibt (sprich: mit Unterstufe = Mittelstufe für die 10- bis 14-Jährigen), werden die Laurins und Alma-Marias der städtischen Ballungsräume weiterhin die AHS stürmen, und unsere Marcels, Alis und Ivanas, Kevins, Dalibors und Jessicas ziemlich unabhängig von Talenten und Fähigkeiten in die Restschule gesteckt, die jetzt eben Neue Mittelschule heißt.

3 Prof. Karl Heinz Gruber lehrt Vergleichende Erziehungswissenschaften an der Universität Wien.

Noten

Sind Kinder ihrer Zeiten und Räume. Dass in Österreich seit einigen Jahrhunderten fünf Noten existieren (von 1, „Sehr gut", bis 5, „Nicht genügend"), an NMS in Zukunft sieben, die dann aber auch wieder nur fünf sind (aber das ist eine eigene Geschichte), ist nicht gottgegeben. Die Deutschen z. B. kennen auch eine 6, „Besonders nicht genügend" ☺, aber die Deutschen sagen ja auch megahammergeil, © Dieter Bohlen, weil ihnen megageil offenbar nicht reicht. Auch in Polen etwa gibt es sechs Noten, fünf mehr oder weniger „gute" – und eine schlechte, diese – umgekehrt – beziffert mit 1.

Die Noten in Polen: 6 celujący – hevorragend, 5 bardzo dobry – sehr gut, 4 dobry – gut, 3 dostateczny – befriedigend, 2 dopuszczający – ausreichend, 1 niedostateczny – ungenügend.

Anders die Niederlande mit zehn Noten, gleich sieben davon im Umkreis von „genügend".

Noten in den Niederlanden: 10 uitstekend – ausgezeichnet, 9 zeer goed – sehr gut, 8 goed – gut, 7 ruim voldoende – mehr als genügend, 6 voldoende – genügend, 5 bijna voldoende – beinahe genügend, 4 onvoldoende – ungenügend, 3 zeer onvoldoende – stark ungenügend, 2 slecht – schlecht, 1 zeer slecht – sehr schlecht.

In China z. B. gibt es keine Ziffernnoten, sondern Punkte, die es zu erreichen gilt. Mit 100 Punkten ist man „Sehr gut", unter 60 „Nicht genügend". In vielen Alternativ-, Privat- und/oder Eliteschulen dieser Welt wird auf Noten überhaupt gepfiffen. Anlässlich eines Treffens mit Wolfgang Vogelsänger, dem Direktor der renommierten und prämierten Göttinger Georg-Christoph-Lichtenberg-Schule (siehe **Elternsprechtag**, Seite 179), fragte ich, was er jetzt noch erreichen könne. Seine Antwort: „Unsere Eltern davon zu überzeugen, dass wir keine Noten brauchen, um Kinder bis in die Universitäten zu bringen."

Piercings

Hängen an Ohren, stehen aus Nasen, stecken an Zungen und rufen genau dort beim Lehrpersonal emotionalen Widerstand hervor. Dabei kriegt man die wahren Gustostücke für gewöhnlich nicht zu Gesicht: „Triangle", „Labia Majora", „Labia Minora" oder „Christina" für die Dame, „Ampalang", „Hafada" oder „Prinz Albert" für den Herrn von heute (googlen Sie das alles besser gar nicht!). Im Jahr 2010 wurde ein „Nostril"-Piercing Verhandlungsgegenstand am Bundesgericht von North Carolina. Eine 14-jährige Schülerin zog vor Gericht, nachdem sie wegen ihres Nasensteckers vom Unterricht ausgeschlossen worden war. Da die Schülerin der Glaubensgemeinschaft „Church of Body Modification" angehörte, in der Piercings und Tattoos als religiöse Hingabe betrachtet werden, entschied der Richter, sie wieder zum Unterricht zuzulassen.

Popper-Schule

Das Synonym für die österreichische „Hochbegabtenschule", obwohl es sich bei der Popper-Schule streng genommen gar nicht um eine Schule handelt, sondern nur um einen Zweig an einer solchen, konkret um den „Sir-Karl-Popper-Oberstufenzug" des BG/BRG Wieden. Immer wieder genannt wird die S.-K.-P.-Schule von dem Buchautor und studierten Betriebswirt Andreas Salcher (u. a. „Der talentierte Schüler und seine Feinde", „Nie mehr Schule"), der das Verdienst für sich in Anspruch nehmen kann, den Hochbegabten-Zweig mitbegründet zu haben, ohne selber ausgebildeter Lehrer zu sein.

Professor

Ist die in Österreich gebrauchte Anrede für AHS-Lehrerinnen. Dabei handelt es sich um einen so genannten „Berufstitel" (siehe auch **Hofrat**, Seite 181). *Wo ist dein Herr Professor, Burschi*, sprach mein Vater, als er am ersten Elternsprechtag meinen Geografieprofessor suchte. Das Burschi war leider der Herr Professor selber ... und aus war's mit einem Sehr gut in GW (vielleicht aber auch deswegen, weil der Schüler G. in GW einfach nie wirklich etwas gelernt hat ☺.)

Raucherkammerl

Rauchen ist in Schulen verboten. In allen und – allen, also auch dem Lehrpersonal! Trotzdem werden Sie kaum eine Schule finden, in der Lehrerinnen ihrem Laster nicht hochfrequent frönen können. Bevorzugte Orte des konspirativen Qualmens: das zum Raucherkammerl umfunktionierte Bio- oder Geo-Kammerl, die Hecke hinter der Ecke im Schulhof, die Schulküche, die Garderobe des Festsaals. Schüler müssen es billiger geben: Sie gehen wie meinereiner vor 40 Jahren mit dem Tschick – aufs Klo. Werden erwischt. Und erfahren dann je nach Lehrkraft Milde (*Wennst schon rauchst, mach wenigstens das Fenster auf …*) oder die volle Härte des Gesetzes: Verständigung der Eltern, Abschreiben der Hausordnung, Androhung des Schulverweises.

Reli

Schulische Kurzform für Religion allgemein, gemeint jedoch immer: katholische Religion. Anwendungsbeispiel: *Gehst du in Reli? – Nein, ich geh Islam.* Religion, egal, welche, ist ein „Pflichtfach", von dem man sein Kind jedoch abmelden darf, sofern man dies innerhalb einer Woche nach Schulbeginn tut. Versuchen Sie das einmal in Geschichte oder Biologie! Eine Abmeldung vom Religionsunterricht kann in den ersten fünf Kalendertagen eines Schuljahres erfolgen, ab dem 14. Lebensjahr auch durch den Schüler selbst. In immer mehr Schulen wird Reli nur noch an Nachmittagen angeboten, wodurch es zum Leidwesen der Diözesen den Charakter eines „Freigegenstands" bekommen hat. Zum Ausgleich gibt es Flankenschutz durch andere Gegenstände: In Wien etwa müssen die Stundenpläne so gezeichnet sein, dass unmittelbar vor oder hinter „Reli" ein anderes Fach liegt, damit Reli-Kinder nicht eigens dafür in die Schule kommen müssen.

Aktuell wird der katholische Religionsunterricht in Österreich von rund 350.000 Schülern besucht. 350.000 von 1,1 Millionen, so etwas nenne ich den Verlust der absoluten Mehrheit. Die hält die römisch-katholische Kirche in Österreich bei den „Großen" freilich noch souverän: seit 2001 zwar Verlust von mehr als einer halben Million Mitgliedern, aber immer noch 5,36 Millionen. Muslime gibt es rund 600.000 im Land, evangelisch sind 316.707. 8000 Mitglieder zählt die Israelitische Kultusgemeinde, circa 14.000 Personen sind altkatholisch.

Schulbuch

Ist ein von der Schulbehörde approbiertes (= kanonisiertes) Lehrbuch mit lehrplankonformen, didaktisch aufbereiteten Lehrinhalten. Seit jeher hält sich das Lehrpersonal am Schulbuch an, oft sklavisch. Anwendungsbeispiel: *Buch raus! Seite 147! Lukas liest.* Vor allem für Pflichtschullehrerinnen in den Haupt- und Neuen Mittelschulen, die Fächer unterrichten, in denen sie selber nie ausgebildet wurden (siehe: Lehrer, Seite 183), ist das Schulbuch unverzichtbar. In solchen Fällen unterrichtet also de facto der Schulbuchautor, die Lehrerin wird zur Moderatorin. Ähnlich wie die Taxifahrer haben österreichische Schulbuchautoren schon bessere Zeiten erlebt, sogar die Gründe dafür sind die gleichen. Nummer eins, es sind zu viele Schulbücher im Verkehr, daraus folgt Nummer zwei, dass der zeitliche Aufwand, eines zu verfassen, welches sich merkbar von den anderen unterscheidet, in Missverhältnis zu den zu erwartenden Einnahmen steht.

Derzeit werden pro Jahr 1,1 Mio. Schüler mit 8,2 Mio. Schulbüchern versorgt, und dies nach Einführung der so genannten „Gratis-Schulbuchaktion" im Jahr 1972 so gut wie gratis. Eltern zahlen pro Schuljahr einen symbolischen Beitrag von € 22,–, der sämtliche Kinder in einem Haushalt berücksichtigt. Seit 1972 wurden 400 Millionen Schulbücher für insgesamt 50 Mio. Schüler herausgegeben, was den Staat bisher rund 3,1 Milliarden Euro gekostet hat. Jedes fünfte in Österreich verlegte Buch ist ein Schulbuch.

Schulgemeinschaftsausschuss

Die so genannte „Schulpartnerschaft" Ist im Schulunterrichtsgesetz (SchuG, § 64) zwar festgeschrieben, wird de facto aber nur dort praktiziert, wo ein Lehrkörper willens ist.

In der Praxis bestimmen die Lehrer, wo's und wie's langgeht. Das gilt u.a. für die Frage von Herbstferien, autonomen Tagen, Projektwochen, die Hausordnung, sogar für disziplinäre Maßnahmen etc. Anwendungs-

beispiel: *GutenAbendesfreutunsdassSieheutesozahlreich... punkteins ... habenwirdieautonomenTageheuer ... festgelegtwerdagegen?nein!angenommendanke!*
Seit Jahren fordern Bildungs- und Schulexperten (allen voran die Wiener Stadtschulratspräsidentin Susanne Brandsteidl) die Abschaffung der autonomen Tage. Ungehört! Das heißt: Doch gehört, aber abgelehnt. Von den Lehrerinnen? Nein, von den Eltern: Laut Umfrage der Tageszeitung „heute“ vom Mai 2013 sind 60 Prozent der Eltern strikt gegen eine Abschaffung, die meisten aber für eine Vereinheitlichung der Termine.

Schulschikurse

Sind, Marcel Hirscher hin, Anna Fenninger her, aber so was von out. Erstens ist Schifahren teuer geworden und zweitens gibt es im traditionellen Aufmarschgebiet des Hobbyschifahrertums östlich der Paradeiser- und Karfiol-Grenze das, was Soziologen „veränderte Gesellschaftsstrukturen“ nennen, auf gut Deutsch: Die Hälfte aller Kinder dort sind Neu-Österreicher mit kulturellen Wurzeln in Ländern, in denen das kostenaufwendige Zu-Tal-Fahren auf gefrorenem Niederschlag nicht gepflogen wird. Dem Magazin „biber“ war der Umstand des schiblanken Nachwuchses eine Titelgeschichte wert: „Schi heil, Avusturya“. Der Artikel begann mit dem Hinweis auf einen Krisenkongress in St. Anton, zu dem der Schilehrerverband „Interski“ geladen hatte, nachdem sich in der vorangegangenen Saison gezählte rund 35.000 Schüler und Schülerinnen weniger der Pisten-Gaudi hingegeben hatten als noch vor zehn Jahren. Als Flachland-Lehrerin stellst du Schi und Schianzug am besten in die Vitrine, gleich neben das Skelett des Langhalssauriers.

Schwänzen, Stangeln, Stageln

Tut man nicht. Tut man aber trotzdem. Heute wie damals. In den Mittelstufenklassen kommt das durchschnittliche Schulkind auf 10 bis 20 „unentschuldigte Fehlstunden“ pro Jahr. In der Oberstufe kann sich die Zahl verdreifachen. Das Schulschwänzen oder „Schulstageln“ (angeblich von ital. „staccare“ = sich entziehen, umgangssprachlich seit je her „Schulstangeln“) ist eine lässliche Sünde, sofern nicht pathologische „Schulverweigerung“ dahintersteckt. Die ist als psychische Krankheit zu bewerten und zu behandeln. Die Stadt Wien hat einen eigenen Schulschwänzbeauftragten installiert. Wo auch dieser versagt, hilft die Härte des Gesetzes: Für anhaltendes Schulschwänzen sind von den Eltern österreichweit bis zu € 440,– Bußgeld zu zahlen. Umgekehrte Wege beschreitet man z. B. in den USA. In einer High School der US-Stadt Cincinatti bekommen die Schüler Geld, wenn sie regelmäßig zum Unterricht erscheinen – pro Woche zehn Dollar, sofern sie die ganze Woche am Unterricht teilnehmen, nicht zu spät kommen und den Unterricht nicht stören. Jugendliche im Alter von etwa 16 Jahren erhalten 25 Dollar – also ein „Gehalt“ von 100 Dollar im Monat. Finanziert wird das Projekt über einen privaten Fonds, über den 40.000 Dollar zur Verfügung stehen. Hintergrund: Pro Jahr schafften an der Schule lediglich 14 Prozent der Schüler ihren Abschluss. Die Anwesenheitsrate in der Schule mit 170 Schülern lag nach Angaben des Schulleiters bei 77 Prozent.

Sex

Wird naturgemäß auch in Schulen praktiziert, im Mittelstufenbereich vorwiegend in der Unterart Verbalsex. Wie vieles, was heute unter neuem Namen für Schlagzeilen sorgt (Mobbing, Komasaufen, Burnout etc.), hat es die lässliche sexuelle Verfehlung immer schon gegeben. Wir sublimierten diesbezügliche Anwandlungen einst – kichernd – mit ordinären (heutiger Schülersprech: argen) Zeichnungen und gekritzelten Ferkelsprüchen an Klowänden und Hausmauern. Anwendungsbeispiel von einst: AUTO. Inzwischen ist diese künstlerische Verfremdung des aus dem Süddeutschen stammenden F-Worts aus der Mode gekommen, weil dieses einem anderen, aus dem Norddeutschen stammenden F-Wort gewichen ist, das sich nicht mehr zu AUTO zurechtkritzeln lässt.
Heute zeigt man sich – kichernd – Videos, die man aus dem Internet geladen hat, und vergleicht Porno-

seiten. Nicht selten wird das eine oder andere optisch gelungene Exemplar aus dem Lehrkörper zur Zielscheibe pubertärer Anwandlungen. Anwendungsbeispiel: *Habt ihr heuer auch die Salomon? – Ja, urgeil! Hast du von der die Dessohnes gesehen? – Die was? – Oida! Mach einmal das Kreuz bei dir. Und sag den Spruch: Im Namen des Vaters … etc., dann weißt du, wo die Dessohnes sind.*

Auch das ist nicht neu. Ich erinnere mich an eine frisch von der Uni kommende GW-Lehrerin, die, Kind der 60er Jahre, im Minirock zum Unterricht gekommen ist.

- *Frafessor, ich kann das da ganz oben nicht lesen.*
- *Das da?*
- *Nein, das gaaaanz oben auf der Tafel.*

Dann stellte sie sich, um das vermeintlich unleserliche Wort auf der damals noch nicht verschiebbaren Tafel mit der Kreide nachzuziehen, auf die Zehenspitzen, bis ihr Minirock dort anfing, wo er fast schon wieder endete. Da lagen die zwei Mutigsten von uns bereits unter dem Lehrertisch.

Stoff

Im schulischen Kontext kein Textil, sondern der Lehrinhalt, den es zu vermitteln gilt, pädagogisch portioniert und auf die einzelnen Schulstufen verteilt. Anwendungsbeispiel: *Herr Fachlehrer, ich wollte Sie fragen, ob die Erde, wenn sie sich um die Sonne dreht und dabei den Mo … – Merk dir die Frage, Lukas, aber das Sonnensystem ist jetzt nicht Stoff. – Und wann? – In der Vierten wieder.* Der sogenannte „Lehrstoff" (aus dem leider nur in den seltensten Fällen die Träume unserer Kinder sind) ergibt sich aus den Bestimmungen und Vorgaben der Lehrpläne. In der Praxis freilich kennen die wenigsten Lehrerinnen die Lehrpläne, nach denen sie unterrichten sollten – oder allenfalls jene, die sie im Rahmen ihrer Ausbildung kennengelernt haben, manche vor ca. 30, 40 Jahren. Für sie wird dann das jeweilige Lehrbuch zum Schneider des Stoffs, den sie verkaufen (siehe **Schulbuch**, Seite 187).

Strafen & auszucken

Im selben Maße, wie ich ein großer Gegner der in Schulen üblichen Bestrafungsrituale bin (Abschreibenlassen von Schulordnungen, Verabreichen von Doppelrationen „Hausübung", Sitzpausen, Turnverbote etc.), bin ich ein großer Befürworter des geregelten Auszuckens. Detailliert beschrieben in meinem Buch „Der engagierte Lehrer und seine Feinde – Zur Lage an Österreichs Schulen", Ueberreuter bzw. Haymon. Hier ein kurzer Auszug:

- *Lukas, könntest du jetzt endlich deine Hände aus der Sabrina nehmen! Und spuck den Kaugummi aus!*
- *Mein Vater hat aber gesagt, ich darf Kaugummi, weil Kaugummi ist ihm lieber, als ich rauche ihm seine Zigaretten weg.*
- *Das kann ich verstehen, spuck ihn trotzdem aus. Und Sabrina, zieh dir etwas an!*
- *Ich hab eh was an.*
- *Ich meine, etwas, das dich bedeckt. Am besten aus Stoff.*
- *HERR LEHRER, DER LUKAS!!!*
- *Lukas! Ich habe gesagt, du sollst den Kaugummi wegwerfen, aber nicht der Milena in den Nacken picken!*
- *Oida! Sie haben gesagt, ich soll ihn ausspucken! Außerdem hat die Milena meine Mutter schon wieder Futnutte geschimpft.*

Bin ich in dieser Situation imstande, mit dem Kind jetzt ein belehrendes Gespräch zu führen? Nein, ich zucke aus. Dann laufe ich im Gesicht scharlachrot an, tobe, spucke und brülle, dass an der Decke die Neonröhre zuckt und am Boden die Tafelkreide zittert. Nicht selten muss ich später Gott und der österreichischen Verfassung dafür danken, dass das allgemeine Waffenverbot immer noch uneingeschränkt auch für Lehrerinnen gilt und ich in solchen Momenten keinen Derringer zur Hand habe, sondern bestenfalls ein paar Mittelquarthefte. Bin ich später stolz darauf, die Kontenance verloren zu haben? Nein. Bereue ich später, was ich im Affekt alles gesagt oder getan habe? Das nun auch wieder nicht. Immerhin wissen meine Renés und Jacquelines, dass sie mir nicht ungestraft acht Stunden am Tag deppert kommen können. (…)

Stunde

Ist. Außer es ist Pause. Anwendungsbeispiel: *Darf ich auf s Klo? – Jetzt nicht, jetzt ist Stunde.* Die Schul-„Stunde" hat bekanntlich nur 50 Minuten. Die 50-Minuten-Stunde wurde anno dazumal eingeführt, um im „Stundenplan" auch noch die Rauchpause für den Schul-Meister unterzubringen. Heute weiß man, dass die 50-Minuten-Stunde, die durch ein schrilles Glockenzeichen ein- und ausgeläutet wird wie bei deren Einführung die Exerzierstunde auf dem Kasernenhof mit der Trillerpfeife, pädagogischer Nonsens ist.

Turnen

Hieß in meiner Schulzeit noch „Leibesübungen", heißt heute „Bewegung und Sport" (BS) und wird morgen vermutlich „Spielen, aber ohne Computer" heißen. Theoretisch wird in Volksschulen zwei bis drei Stunden pro Woche, in der Mittelstufe drei bis vier Stunden pro Woche geturnt, praktisch jedoch deutlich weniger.

a) Eine Brutto-Stunde Turnen ist netto schon einmal nur eine halbe. Der Grund: die Wegzeiten durch schulische Kasernenschluchten, das Herausschälen aus bzw. Hineinschälen in die Designerklamotten in den Garderoben, das Anstellen in Stirnreihe etc.

b) Es fehlt an geeignetem Personal. Ein Kind, das in einer Haupt- oder Neuen Mittelschule eine geprüfte „Turnerin" bekommt, hat Glück. Die Englisch- oder GZ-Lehrerin, die die Turnstunden „genommen" hat, damit sie mehr Stunden in „ihrer" Klasse ist, lässt diese dann aber gern ausfallen, wenn für die Schularbeit in Englisch oder die Prüfung in GZ noch geübt werden muss.

c) Buben scheitern schon beim Aufwärmen am Eigengewicht und fallen mit Erschöpfungszuständen aus. Bei Mädchen tritt spätestens ab der 6. Schulstufe die wundersame Wochenblutung auf.

Während es die einen mit Markus Rogan halten (sinngemäß: *Entweder bist du ein guter Sportler oder du hast viel Hirn*), sehen andere in der „täglichen Sportstunde" Hirnfutter. Für das Unterfutter dabei sorgt eine Studie aus Schweden, die im Mai 2012 veröffentlicht wurde. Forscher der Universität Malmö begleiteten 220 schwedische Schüler zweier Schulen von der ersten bis zur neunten Schulstufe, also über neun Jahre. Die Hälfte erhielt jeden Tag Sportunterricht, die andere zweimal pro Woche. Verblüffendes Ergebnis: Nicht nur, dass die Kinder der Intensivsport-Gruppe die neun Pflichtschuljahre erfolgreicher meisterten (96 Prozent im Vergleich zu 89 Prozent bei der Kontrollgruppe), hatten die Schüler der Sportgruppe überraschend auch in den Fächern Schwedisch, Englisch, Mathematik die Nase vorne. Studienleiterin Ingegerd Ericsson: „Wir haben somit wissenschaftlich bestätigt, dass eine tägliche Sporteinheit nicht nur motorische Fähigkeiten, sondern auch die Schulnoten verbessert. Gibt es mehr Sportunterricht, schaffen Schüler deutlich eher die Schule." Falls sie ihn überleben. Einer Statistik der „Allgemeinen Unfallversicherung" zufolge ereignen sich im Sportunterricht rund 30.000 Schülerunfälle pro Jahr. Jeder zehnte an einem Sportgerät.

Unterschriften

Draußen in der Welt werden Unterschriften langsam zu Schnee von gestern. So haben sie auf den Rückseiten von Kredit- oder Bankomatkarten de facto keine Funktion mehr, im Internet ist die Unterschrift als Legitimationsinstrument (z.B. für Kaufverträge) ähnlich bedeutungslos geworden wie der Fingerabdruck in der Kriminologie (Stichwort DNA-Analyse). Nicht so freilich in der Schule, wo die elterliche Unterschrift (nota bene im Mitteilungsheft) nach wie vor sakrosankt ist. Das Fälschen des väterlichen oder mütterlichen Handschriftzugs gilt immer noch als schulisches Kapitalverbrechen, das bis zur Suspendierung führen kann. Trotzdem ist das Unrechtsbewusstsein bei manchen Schülern nicht immer ausgereift. Anwendungsbeispiel:

- *Patrick, gib zu, die heutige Unterschrift deiner Mutter ist gefälscht.*
- *Nein, ehrlich, die geht schon lang so.*

Wörterbuch, das Österreichische

Der kleine Bruder des deutschen Duden, fixer Bestandteil österreichischer Schul- und Klassenbibliotheken und daher physisch in mehr oder weniger zerschlissener Form in praktisch jedem Bankfach zu finden. Eingeführt wurde das „Österreichische Wörterbuch" 1951 auf Betreiben des damaligen Bildungsministers Felix Hurdes, auf dass es „... als amtliches Regelwerk über dem Duden stehe". Damit war es der Sprache gewordene Ausdruck einer neuen österreichischen Identität. Noch 1972, im Vorwort zur 32. Auflage, fand sich der Satz: „Wir Österreicher verwenden eine Reihe von Ausdrücken, die nicht weniger richtig, gut und schön sind als anderswo gebrauchte. Sie wurden naturgemäß bevorzugt (...)." 2012 erschien das ÖWB in der 42. Auflage als Jubiläumsausgabe und umfasste in der Schulausgabe 928 Seiten. In der aktuellen Vollausgabe gibt es rund 3000 Begriffe, die erst in den letzten Jahren entstanden sind, wie etwa „E-Card", „Hacklerregelung" und „Pensionsharmonisierung". Aus dem Alltagswortschatz wurden allein unter dem Anfangsbuchstaben A folgende neue Wortkreationen aufgenommen: „Altenbetreuer", „anzipfen", „ablösefrei", „Audiobook", „Afro-Look" und „Alkopops". Daneben sind noch zahlreiche Begriffe aus dem Bereich Computer und Internet aufgenommen worden, etwa: „skypen", „VoIP", „Blog", „Linux" und „Wikipedia". Auch unter den neuen Begriffen unterscheiden sich einige vom Duden, so heißt es im ÖWB „smsen", während es im Duden „simsen" heißt. Veraltete Begriffe, wie „Absperrkommando", „affengeil" und „Arbeitermittelschule" wurden entfernt. Der Begriff „Schilling" wurde behalten. Wie das in der nächsten Auflage mit „Berufsheer" ist?

www.kremayr-scheriau.at

ISBN 978-3-218-00881-5

Gesamtgestaltung und Illustrationen: Verena Hochleitner, www.gruenstich.at
Druck und Bindung: Druckerei Theiss GmbH, St. Stefan i. Lavanttal